I0574697

DIE UNECHTE WITWE

CHRONIKEN DER EHESTIFTUNG
BUCH VIER

DARCY BURKE

Übersetzt von
PETRA GORSCHBOTH

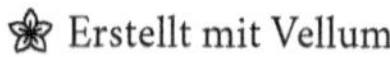 Erstellt mit Vellum

DIE UNECHTE WITWE

Der Pfad der wahren Liebe verläuft niemals geradlinig. Manchmal ist eine Hausparty zur Ehestiftung vonnöten. Wenn Paare sich auf einer Hausparty kennenlernen, ereignen sich provokative Flirts, heimliche Rendezvous und Verliebtheit im Überfluss.

Der Witwer James Ludlow, Earl of Rotherham, nimmt auf der Suche nach einer Mutter für seine beiden Töchter an einer Hausparty teil und seine Hauptbedingung besteht darin, sich nicht zu verlieben. Da er dieses Gefühl bereits seiner früheren Frau ohne Erwiderung entgegengebracht hatte, zieht er nun ein unsentimentales, für beide Seiten vorteilhaftes Arrangement vor. Dann lernt er allerdings eine charmante Witwe mit offenkundig wunderbaren mütterlichen Instinkten kennen und er kann die Funken zwischen ihnen nicht ignorieren. Vielleicht wäre ein bisschen Leidenschaft gar nicht so unwillkommen …

Alle glauben, dass Charlotte Dunthorpe Witwe ist, aber sie tut nur so, als ob. Als ihre liebe Freundin sie zu einer Hausparty einlädt, die nicht nur unter dem Motto der Ehestiftung steht, ist Charlotte versucht, sich auf eine kurze Liaison einzulassen. Stattdessen bietet ihr der schneidige und gutherzige Rotherham die Chance an, die Familie zu haben, die sie sich immer gewünscht hat. Sie muss ablehnen, oder sie riskiert, ihr verheerendes Geheimnis aufzudecken und garantiert alles zu zerstören, was ihr teuer ist.

KAPITEL 1

Oktober 1803

In dem Moment, in dem Charlotte Dunthorpe den eleganten und weitläufigen Landsitz betrat, wo ihre liebe Freundin Cecilia oder Lady Cosford, residierte, wusste sie, dass sie vollkommen fehl am Platz war. Tatsächlich hatte sie angefangen, sich unbehaglich zu fühlen, als Lady Cosfords Kutsche in Birmingham angekommen war, um sie zu der Hausparty zu bringen. All dies ging einfach über Charlottes normales Leben hinaus.

Es war eine Sache, mit einer Countess befreundet zu sein und sich Briefe zu schreiben, und eine ganz andere, eine Einladung zur Hausparty dieser Countess anzunehmen. Insbesondere eine Hausparty, deren Sinn darin besteht, den Teilnehmern die Bildung romantischer Verbindungen zu ermöglichen – entweder kurzzeitige oder permanente.

Als ein Diener Charlottes Gepäck zu ihrem Zimmer

hinauftrug, folgte sie dem Butler in den Salon, in dem Cecilia sie erwartete.

Trotz ihrer Vorbehalte, freute Charlotte sich sehr darauf, ihre Freundin zu sehen. Ihre Nervosität wurde von ihrer Umgebung und der kommenden Woche mit Leuten hervorgerufen, die sie noch nie getroffen hatte. Würden sie auf sie herabsehen? Sie unzureichend finden? Sich fragen, warum Cecilia sie eingeladen hatte?

Charlotte trat über die Schwelle in den großen, herrlich eingerichteten Raum, der in satten Gold- und Grüntönen mit Akzenten in Blau und Koralle gehalten war, und sie musste sich davon abhalten, sich staunend umzuschauen. Stattdessen richtete sie den Blick auf ihre Gastgeberin, die sich sofort von einem Sofa erhob und mit einem breiten Lächeln auf sie zukam.

»Charlotte! Es ist schon viel zu lange her!« Cecilia war so wunderschön und elegant, und stets war ihr blondes Haar perfekt frisiert. Sie war zudem auch überaus gütig und großzügig. Die beiden Frauen hatten sich fünf Jahre zuvor in Birmingham kennengelernt und sie waren sofort Freundinnen geworden. Dass Charlotte Witwe mit einem bescheidenen Haushalt und keinerlei familiären Verbindungen war, hatte der Countess nicht das Geringste ausgemacht.

Sie umarmten sich lange und Charlotte konnte nicht anders als lächeln. Cecilias Überschwänglichkeit und ihr Charme waren stets präsent und das sogar in ihren Briefen. Es war eine Freude, sie zum ersten Mal seit – wie lange? – zwei Jahren wiederzusehen. Dies war der Grund, warum Charlotte ihren Mut zusammengenommen und die Einladung zu einer Veranstaltung angenommen hatte, von der sie nicht sicher war, ob sie daran teilnehmen wollte.

Cecilia trat zurück. »Ich bin so froh, dass du hier bist. Ich hoffe doch, dass du eine angenehme Reise hattest?«

»Deine Kutsche ist überaus komfortabel.« Sie war fraglos

die schönste und am besten gefederte Karosse, die Charlotte zu benutzen je Gelegenheit hatte. Zugegebenermaßen war sie im Laufe der letzten zehn Jahre, seit sie in Birmingham lebte, selten in einer Kutsche gefahren. »Noch einmal Danke, dass du sie mir zur Verfügung gestellt hast.«

»Ich kann wohl schlecht darauf bestehen, dass du an meiner Hausparty teilnimmst, ohne dafür zu sorgen, dass du auch hierherkommst«, erklärte Cecilia mit einem Lachen. »Komm und setz dich für ein paar Minuten zu mir. Ich freue mich so, dass du die erste bist, die hier ankommt. Das verschafft uns ein bisschen ungestörte Zeit zusammen.«

Charlotte folgte ihr zum Sofa und setzte sich, wobei ihr Blick durch den Raum schweifte. »Blickton ist wunderschön«, bemerkte sie und versuchte, ihre Unbehaglichkeit zu unterdrücken. Aber warum sollte sie? Cecilia war eine gute Freundin. »Ich gebe zu, dass ich nervös bin, hier zu sein.«

Cecilia runzelte kurz die Stirn. »Aufgrund der Art und Weise, wie ich diese Party arrangiert habe? Du musst keine Verbindung eingehen. Amüsiere dich einfach und lerne alle kennen. Ich habe eine bezaubernde Auswahl an Menschen eingeladen. Du wirst jede Menge Menschen kennenlernen und vielleicht sogar Freundschaften schließen.«

»So, wie wir es getan haben?«, entgegnete Charlotte mit einem Lächeln. »Fast wäre ich nicht zu jenem Abend gekommen – es war mein erster Salon.«

»Das war er, nicht wahr? Das hatte ich vergessen. Nun, es war auch mein erster - zumindest in Birmingham. Ich war gerade erst am Vortag angekommen, um meine Patentante zu besuchen. Und schau uns nun an. Ich habe unsere Freundschaft so in Ehren gehalten. Deine Briefe heitern mir immer den Tag auf.«

»Ich bin so froh. Deine bewirken dasselbe für mich. Ich bin sehr dankbar, von den Possen deiner Kinder zu lesen.« Charlotte hatte gehofft, eigene Kinder zu bekommen, doch inzwischen hatte sie akzeptiert, dass das wahrscheinlich nicht passieren würde. Nicht, wenn sie nicht einen Ehemann wollte, und nach zehn Jahren Unabhängigkeit war sie sich nicht ganz sicher, ob sie das wollte. Oder vielleicht lag es nur daran, dass sie sich an den Gedanken gewöhnt hatte, nie eine Chance zur Eheschließung zu bekommen. Aber im Grunde war es hauptsächlich die Lüge, mit der sie das vergangene Jahrzehnt gelebt hatte und die Tatsache, dass sie *nicht* heiraten *konnte*, ohne alles zu riskieren.

Und somit würde sie kinderlos bleiben.

»Ich hätte liebend gern gesehen, dass du sie kennenlernst, doch sie sind diese Woche nicht hier, denn das wäre unangemessen«, meinte Cecilia lachend. »Die Jungen sind im Internat und die Mädchen besuchen ihre Großmutter. Da wir uns in unseren Briefen austauschen, im letzten Schreiben hast du die junge Hilda erwähnt. Was ist mit ihr passiert?«

Charlotte nahm junge Frauen auf, von denen einige wirklich noch Mädchen waren und die nach Arbeit suchten. Oft waren sie allein auf der Welt oder sie versuchten, ihrer Familie keine Last zu sein. Charlotte gab ihnen die Gelegenheit, sich als Dienstmädchen auszubilden, wobei sie normalerweise in der Spülküche anfingen, und dann andere Aufgaben lernten. »Sie ist noch bei mir, obwohl ich erwarte, dass sie im nächsten Monat oder in dem darauf eine Anstellung finden wird. Wenn sie ein bisschen älter wäre, könnte sie, glaube ich, sogar zur Kammerzofe ausgebildet werden. Meine Zofe hat ihr gezeigt, wie sie mein Haar frisieren und meine Garderobe pflegen muss.« Soweit sie eine hatte. Charlotte lebte behaglich, aber ohne Überfluss.

»Tatsächlich?« Cecilia legte den Kopf schief. »Glaubst du, es würde ihr etwas ausmachen, Birmingham zu verlassen? Ich könnte ein Zimmermädchen für oben gebrauchen. Und wer weiß, vielleicht wird sie eines Tages die Zofe einer meiner Töchter werden.«

Charlotte versuchte, sie nicht anzugaffen. »Wirklich?« Hilda war erst sechzehn, aber sie war klug und enthusiastisch. »Du wärst mehr als zufrieden mit ihr.«

»Wenn sie aus deinem Haushalt kommt, bin ich froh, sie zu nehmen. Laut meiner Patentante, genießt du einen guten Ruf bezüglich der Ausbildung und Vermittlung weiblichen Personals.« Vor fünf Jahren hatte Cecilias Patentante sie bei diesem Salon miteinander bekannt gemacht.

»Ich versuche nur, einigen jungen Frauen zu helfen, damit sie eine Chance bekommen.« Charlotte wusste, wie nahe eine Frau einer vollkommenen Katastrophe kommen konnte, insbesondere wenn sie nicht in stabile Verhältnisse hineingeboren worden war. Was konnte sie ohne Familie oder finanzielle Mittel schon tun, um sich zu schützen und für sich zu sorgen?

»Es ist unbeschreiblich bewundernswert«, entgegnete Cecilia herzlich. »Wann immer du meinst, dass Hilda bereit ist, würde ich es lieben, wenn du sie herbringst. Wenn es dir nichts ausmacht, mich dann wieder zu besuchen. Dann kannst du meine Kinder kennenlernen.«

»Das würde ich sehr genießen.« Charlottes Nerven hatten sich ein wenig beruhigt, doch sie war noch immer nervös. »Was für Leute hast du zu der Party eingeladen?« Sie wollte nicht fragen, ob irgendjemand wie sie da war, denn sie wusste, dass Cecilia keinen Gedanken an ihren unterschiedlichen Stand verschwendete.

»Leute oder Gentlemen?«, hakte Cecilia mit verschmitztem Blick nach. Sie wartete nicht auf Charlottes Antwort. »Es gibt ein paar adlige Gentlemen und Ladys, aber auch mehrere einfache Bürger, wenn du dich das fragst. Und keinen Lord Sleaford«, fügte sie verschwörerisch hinzu.

Cecilia entspannte sich noch ein bisschen mehr. Sie hatte Lord Sleaford nicht hier erwartet, denn sie wusste, dass Cecilia ihn nicht mochte. Was ihren guten Geschmack und ihre Intelligenz bewies. Er war ein überheblicher, eingebildeter Schnösel und der Einzige, der Charlottes Leben ruinieren könnte. Sie hoffte, nie wieder einen Blick auf ihn werfen zu müssen.

»Ich kann sehen, dass dich das erfreut«, meinte Cecilia. »Obwohl ich vielleicht nicht weiß, weshalb Lord Sleaford dein Missfallen verdient hat, kann ich mir gut vorstellen, dass es damit im Zusammenhang steht, dass er ein pompöser Schurke ist.«

»*Pompös* ist eine ausgezeichnete Beschreibung, wie auch *Schurke.*« Selbst wenn Charlotte ihm eines Tages begegnen würde, hatte sie die Hoffnung, dass er sie nicht erkennen würde. Sie selbst würde sich andererseits für immer an seine dunklen, stechenden blauen Augen erinnern, wie sie über seine lange Nase hinweg auf sie herabsahen.

»Ich kann versprechen, dass die Gentlemen, die an der Party teilnehmen, nicht aus seinem Holz geschnitzt sind.« Cecilia zauderte, ehe sie hinzufügte: »Besteht die Chance, dass du vielleicht wieder heiraten willst?«

Wieder.

Dieses einfache Wort war so eine große Lüge. Sie hatte kurz vor einer Heirat gestanden und hätte es tatsächlich getan, wenn nicht der plötzliche Tod ihres Verlobten dazwischengekommen wäre. Es war am Tag vor der Verlesung des letzten Aufgebots gewesen. Die Situation, in der sie sich dann gefunden hatte, hatte ihre sofortige Abreise von dem einzigen Heim erforderlich gemacht, das sie je gekannt hatte, Newark-on-Trent. Und das war zum Teil Lord Sleaford anzulasten. Am Tag nach dem Tod ihres Verlobten – der Sleafords Cousin war – hatte er ihr angeboten, sie zu seiner Mätresse zu machen. Er war offensiv gewesen und hatte sich Freiheiten herausgenommen, aber dann waren sie Gott sei Dank unterbrochen worden. Abstand zwischen sich und Sleaford zu bringen, war einer der Gründe, warum sie

Newark-on-Trent verlassen und eine neue Identität angenommen hatte.

Nachdem sie in Birmingham sesshaft geworden war,
hatte sie so getan, als sei sie verheiratet *gewesen*. Das war ein
notwendiges Täuschungsmanöver, für den Fall gewesen, dass
sie ein Kind erwartet hätte, und auch als kein Kind kam,
hatte sie nicht zu dem zurückkehren wollen, wovor sie
geflohen war: die Trauer, erst ihren Vater und dann ihren
Verlobten verloren zu haben, und die drohende Gefahr, dass
Sleaford sie zwingen würde, seine Mätresse zu werden.
Außerdem hatte sie für sich selbst und diejenigen, die von ihr
abhingen, ein wunderbares Leben aufgebaut, was ihren
Haushalt und die jungen Frauen einschloss, die sie zu Haus-
angestellten ausbildete.

Folglich war diese Lüge zur Grundlage ihres gesamten
Lebens geworden. Sie jetzt zu berichtigen, wäre sinnlos und
würde alles gefährden, was sie aufgebaut hatte. Zudem scha-
dete die Lüge niemandem außer Charlottes Ehrgefühl,
weshalb sie versuchte, ihr Leben über jeden Vorwurf erhaben
zu führen und so freundlich und großherzig zu sein, wie sie
nur konnte.

»Ich glaube nicht, dass eine Wiederverheiratung für mich
in Frage kommt«, entgegnete Charlotte mit einem schwa-
chen Lächeln. »Ich bin mit meinem Leben in Birmingham
zufrieden.«

»Das kann ich gut verstehen. In mancher Hinsicht ist es
sehr beneidenswert.« Cecilias Augen funkelten vor
Neugierde. »Bist du also gekommen, um eine Liaison zu
suchen?«

»Ich weiß es nicht.« Charlotte hatte in den letzten zehn
Jahren nur eine einzige Affäre gehabt – wenn man eine
einzige unvergessliche Nacht mit einem schneidigen Iren als
Affäre bezeichnen konnte. »In der Hauptsache bin ich hier,
um dich zu sehen.«

»Und darüber freue ich mich sehr.« Cecilia tätschelte ihr die Hand. »Wenn du dich entscheidest, dass du der Versuchung ... nachgeben möchtest, gibt es hier mehrere Gentlemen, die dem zustimmen würden. Ich würde sagen, Lord Pritchard kommt in Frage, der zweimal verwitwet ist, und dessen Kinder fast erwachsen sind. Auch Sir Godwin Kemp, ein weiterer Witwer mit Kindern. Sein Charme kann etwas ... aggressiv anmuten, aber er ist ein netter Kerl. Ich wage zu behaupten, dass Mr. Jacob Emerson die beste Wahl für dich sein könnte. Er ist nur ein paar Jahre älter als du und war noch nie verheiratet. Ich bin mir nicht sicher, ob er hier ist, um zu heiraten oder nicht.« Cecilias Gesichtsausdruck wurde nachdenklich. »Ich bin mir auch nicht sicher, ob Lord Audlington hierherkommt, um eine Frau zu finden oder eine seiner berühmten Liaisons einzugehen – ich glaube aber, er versucht, seinen verwegenen Ruf hinter sich zu lassen.«

Meine Güte, es gab mehrere Möglichkeiten, wie es schien. Nicht, dass Charlotte danach suchte.

Der Butler erschien in der Tür. »Lady Cosford, ein weiterer Gast ist eingetroffen. Darf ich Ihnen Lord Rotherham melden?«

Ein Gentleman betrat den Raum, und sofort veränderte sich die Atmosphäre um Charlotte. Sie wurde plötzlich dichter und wärmer, als wäre sie an einem heißen, stillen Sommertag ins Freie getreten, wo die Sonne jeden schattigen Platz wärmte, selbst diejenigen, die am besten verborgen blieben.

»Ich hoffe, ich störe nicht, Lady Cosford«, meinte der Gentleman mit einem Lächeln, das nur als verrucht verführerisch bezeichnet werden konnte. Seine Augen, die rund und wahrscheinlich grün waren, was aus dieser Entfernung schwer zu sagen war, schienen ebenfalls zu lächeln. Tatsächlich strahlte sein ganzes Gesicht, von der breiten Stirn bis zum vorspringenden Kinn mit dem angedeuteten Grübchen, vor Fröhlichkeit, und so dachte sie, er müsse ein regelmäßig glücklicher Mensch sein.

»Keineswegs, Roth. Komm und lerne meine Freundin kennen.« Cecilia blickte zu Charlotte. »Das ist der Earl of Rotherham, obwohl wir ihn alle Roth nennen.« Dann lenkte sie ihre Aufmerksamkeit wieder zu dem Earl. »Erlaube mir, dir meine liebe Freundin, Mrs. Charlotte Dunthorpe, vorzustellen.«

Der schneidige Earl schritt auf sie zu, seine große, athletische Gestalt bewegte sich mit einer mühelosen, männlichen Anmut. Er verbeugte sich, wobei sein goldblondes Haar an seine Schläfe fiel, ehe er das Wort ergriff: »Es ist mir eine große Freude, Ihre Bekanntschaft zu machen, Mrs. Dunthorpe.«

Charlotte wünschte, sie hätte gestanden, damit er ihre Hand nehmen könnte. Obwohl sie saß, sollte sie sie ihm reichen? Das wollte sie. Damit sie seine entblößten Finger an ihren spüren konnte.

Warum war Rotherham nicht von Cecilia auf ihrer Liste möglicher Partner für eine Liaison aufgeführt worden?

Vielleicht, weil er nur hier war, um eine Frau zu finden. Das war sehr bedauerlich.

Cecilia winkte ihn zu einem Sessel, der dichter bei Charlotte stand. »Setz dich doch, Roth. Es sei denn, du bist müde und möchtest dich zurückziehen?«

»Ganz und gar nicht. Ich habe im *Sheep and Dog* in Lutterworth sehr gut geschlafen.«

»Wunderbar, denn wir haben für heute Abend ein herrliches Abendessen mit anschließendem Tanz geplant.« Cecilia wandte sich an Charlotte. »Roth ist für seine Tanzkünste berühmt. Du wirst keinen besseren Partner finden.«

Wie gern Charlotte tanzte! Leider hatte sie aber nur selten Gelegenheit dazu. Wenn sie einen Ball besuchte, wurde sie in der Regel zusammen mit den Mauerblümchen und Jungfern ignoriert. Was auch nachvollziehbar war, denn in Wahrheit war sie eine alte Jungfer.

Er nahm sie mit seinen umwerfend attraktiven Augen ins Visier, die tatsächlich, wie sie jetzt feststellen konnte, grün waren. Genauer gesagt, hatten sie die Farbe einer Tanne im Wald, auf die man bei der Suche nach dem Weihnachtsscheit stoßen konnte, an der Charlotte allerdings seit ihrer Kindheit nicht mehr teilgenommen hatte. »Ich hoffe, Sie halten mir heute Abend einen Tanz frei, Mrs. Dunthorpe?«

»Es wäre mir eine Ehre, Mylord.«

»Roth, wenn Sie möchten.« Er ließ ein weiteres Lächeln aufblitzen, und Charlottes Herz, das bereits schneller schlug, seit er den Raum betreten hatte, beschleunigte sein Tempo noch weiter.

Charlotte bemerkte die feinen Fältchen, die sich um seine Augen fächerten. Er musste mindestens fünf Jahre älter sein als die dreißig, die sie selbst war. Wie konnte ein Mann mit seinem Charme so lange unverheiratet bleiben? Vielleicht wollte er gar nicht heiraten, sondern musste sich nun dieser Pflicht unterwerfen und einen Erben für seine Grafschaft zu zeugen.

»Woher kennen Sie Lord und Lady Cosford?«, erkundigte er sich. »Ich glaube nicht, dass ich Sie auf einem ihrer Bälle oder Soireen getroffen habe. Ich hätte mich sicher an Sie erinnert.«

Charlotte gestand sich ein halbes Lächeln zu, während sie ihm skeptisch in die Augen blickte. »Tatsächlich war ich auf keiner ihrer gesellschaftlichen Veranstaltungen, und wir sind uns auch noch nicht begegnet. Ich hätte mich an einen so charmanten Gentleman wie Sie erinnert.«

Der Earl lachte leise, doch es schwang beinahe ein Anflug von Verlegenheit mit. »So würde man mich normalerweise nicht beschreiben. Ich meinte nur, dass Sie ein sehr einprägsames Gesicht habt.« Ein rosiger Hauch zeichnete sich auf seinen geschwungenen Wangenknochen ab.

Charlotte hätte sich dafür entschuldigt, dass sie ihn in Verlegenheit gebracht hatte, aber der Butler kam schon wieder, um anzukündigen, dass weitere Gäste eingetroffen seien.

Cecilia stand auf. »Ich nehme an, es ist an der Zeit, dass ich meine Rolle als Gastgeberin voll ausfülle.« Sie schenkte Charlotte ein warmes Lächeln. »Ich bin froh, dass wir ein paar Minuten Zeit für uns hatten. Bitte bleibt doch beide, wenn ihr möchtet. Sobald die Gäste eingetroffen sind, werden wir alle miteinander bekannt machen. Dann spielen wir ein Spiel, um uns vorzustellen. Sie zog die Brauen mit einem erwartungsvollen Blick in die Höhe, ehe sie auf ihren Butler zuging.

Charlotte wandte sich an den Earl. »Ich hätte nicht annehmen sollen, dass Sie flirten. Ich bitte um Verzeihung.«

»Vielleicht habe ich geflirtet, wenn auch unbewusst. Ich fürchte, ich habe meine Fähigkeiten ein wenig vernachlässigt.«

»Sind Sie aus diesem Grund zu dieser Party gekommen?«, fragte Charlotte. »Um sie wieder zu verfeinern?« Ihre Frage hatte einen leicht koketten Beigeschmack. Vielleicht würde sie auch ihre Fähigkeiten verfeinern, denn auch die ihren waren reichlich vernachlässigt worden.

Er grinste. »Das habe ich in der Tat. Ich bin seit fünf Jahren Witwer, und es ist an der Zeit, dass ich über eine Wiederverheiratung nachdenke.«

Er war also ein Witwer, und er war hier, um eine Frau zu finden. Enttäuschung überkam sie. Eine kurze, Liaison mit Roth hätte alle ihre Erwartungen an diese Party bei weitem übertroffen.

»Wie lange sind Sie schon verwitwet?«, fragte er.

»Zehn Jahre. Ich war nicht lange verheiratet.« Wie sie

dieses Lügen verabscheute. In Wahrheit war sie überrascht, wie schwer ihr dies in diesem speziellen Moment fiel, nachdem sie sich in den letzten zehn Jahren so sehr daran gewöhnt hatte. Sie hatte sich fast immun gegen die Gefühle von Scham und Frustration gewähnt – nicht aufgrund dessen, was vor zehn Jahren geschehen war, sondern wegen der Position, in der sie als Frau gefangen war. Denn ihr hatten so gut wie keine Wahlmöglichkeiten offen gestanden. Sie weigerte sich, ihre Entscheidung für ein Leben der Unabhängigkeit, des Komforts und vor allem der Sicherheit zu bereuen. Ihr Vater hatte sie dazu erzogen, stets das Beste sowohl für sich selbst als auch für die Menschen in ihrer Nähe zu tun. Genau darum hatte sie sich bemüht.

In den hübschen Zügen des Earls zeichnete sich aufrichtige Anteilnahme ab, als sein Blick dem ihren begegnete und er ihn festhielt. »Es tut mir leid, dass Sie Ihren Gatten so früh verloren haben. Und zehn Jahre sind eine lange Zeit, um allein zu sein. Es sei denn ... Haben Sie ein Kind? Ich habe zwei Töchter.«

Töchter! Wie schön. Obwohl ihr Leben zweifelsohne unkomplizierter war, weil sie mit Sidney kein Kind gezeugt hatte, wünschte sie sich manchmal, sie hätte eines. »Ich habe keine Kinder. Ich bin allein geblieben, aber bemitleiden Sie mich nicht. Mein Leben in Birmingham ist erfüllt und zufrieden.«

»Ich freue mich für Sie«, meinte er ernst. »Da Sie hier sind, darf ich annehmen, dass Sie beschlossen haben, nicht mehr allein sein zu wollen?«

So ausgedrückt wollte Charlotte mit Ja antworten. Sie konnte nicht leugnen, dass sie sich nach einem Gefährten sehnte – in jeder Hinsicht. Natürlich nicht nach einer Ehe, aber ein paar Nächte in den Armen eines Mannes wie Rotherham zu verbringen, wäre nicht unwillkommen. »Das bleibt abzuwarten«, antwortete sie zurückhaltend, denn das musste sie. »Aber ich bin für die Möglichkeiten ... offen, welche die Party bietet.« Das war vage genug, dass sie entweder eine Affäre in Betracht ziehen konnte oder nicht.

Seine Augen tanzten vor Vorfreude. »Wie schön, das zu hören.«

Charlotte stand abrupt auf, denn sie brauchte dringend etwas Luft zum Atmen. Der Earl hatte sie ganz aus dem Gleichgewicht gebracht, und sie musste sich erst wieder fangen.

Auch er erhob sich.

»Bitte entschuldigen Sie mich, Euer – ich meine, Roth.« Sie legte den Kopf schief. »Ich glaube, ich muss mich auf mein Zimmer zurückziehen, um mich auszuruhen. Ich freue mich darauf, Sie später wiederzusehen.«

Er drückte sanft ihre Hand. »Es war mir ein Vergnügen, Ihre Bekanntschaft zu machen.« Er hob ihre Hand, beugte den Kopf darüber und drückte seine Lippen auf ihre Knöchel.

Die Berührung war leicht und kurz. Sie hätte sie eigentlich kaum registrieren sollen. Stattdessen schoss der Kontakt mit einer ausgeprägten Hitze Charlotte bis ins Mark und erzeugte ein Verlangen, das sie dazu brachte, ihn am liebsten zu ihrer Ruhepause einladen zu wollen.

Was für ein schockierender Gedanke.

Aber war das nicht genau der Zweck dieser Party?

KAPITEL 2

James Ludlow, der neunte Earl of Rotherham, erhob sich vom Tisch im Speisezimmer und begab sich mit den anderen Gentlemen in den Salon. Auf das sanfte Drängen ihres Gastgebers hin hatten die Gentlemen sich heute Abend beim Portwein kurzgefasst, da es der erste Abend der Party war.

Roth zögerte einen Moment, ehe er den Salon betrat. Normalerweise freute er sich auf diesen Teil des Abends. Er war ein passionierter Tänzer und er freute sich darauf, sich in einen angenehmen Abend zu stürzen. Und in der optimistischen Hoffnung hatte er sich auf diese Party gefreut, dass er hier vielleicht eine neue Countess finden würde. Eine Frau, die seinen Töchtern eine Mutter wäre. Lieber Himmel, sie hatten eine weibliche Hand bitter nötig. Seine Mutter leitete sie an, so gut sie konnte, wenn sie auf ihrem Witwensitz weilte. Sie besaß allerdings auch ein Haus in Bath und verbrachte zunehmend mehr Zeit dort. Tatsächlich war es inzwischen so viel Zeit, dass Roth sich fragte, ob sie einen Freund hatte.

Wenn er sich mit der Absicht trug, wieder zu heiraten,

warum zauderte er dann? Insbesondere nach der Begegnung mit Mrs. Dunthorpe heute Nachmittag. Seine Reaktion auf sie war schnell und tiefgreifend gewesen. Mit ihrem üppigen kastanienbraunen Haar und den dunklen schokoladenfarbenen Augen, die an den Rändern schräg nach oben verliefen und den Anschein erweckten, dass sie sich oft und leicht amüsierte, sah sie wirklich attraktiv aus. Er hatte sich sofort zu ihr hingezogen gefühlt, und sie war obendrein auch noch charmant und geistreich gewesen.

Dann hatte er ihre Hand geküsst. Eine erstaunliche Sehnsucht hatte ihn überwältigt, ein fast triebhaftes Bedürfnis, sie für sich zu beanspruchen und sie zu der Seinen zu machen. Das hatte er nicht mehr gefühlt seit ... nun, so etwas hatte er noch nie gefühlt.

Und das war beängstigend.

Zu seiner Frau *hatte* er sich sofort hingezogen gefühlt. Pamela hatte ihn auf eine Weise in ihren Bann gezogen, wie es in seinen damals sechsundzwanzig Jahren noch niemand zustande gebracht hatte. Innerhalb einer Woche hatte er ihr einen Heiratsantrag gemacht, und vier Wochen später waren sie ein Ehepaar.

Meist war sie still gewesen, sogar fügsam, aber er hatte sie lachen sehen und sich auf eine Zukunft gefreut, in der sie das zusammen tun würden. Dazu war es allerdings nie gekommen. Stattdessen hatte sie sich mit der Zeit immer mehr von ihm entfremdet. Dann war sie krank geworden, und kurz vor ihrem Tod gestand sie ihm die schreckliche Wahrheit, dass die Heirat mit ihm sie am Boden zerstört hatte, weil sie in einen anderen verliebt gewesen war. Dieser jemand war jedoch kein Earl gewesen, und ihre Eltern hatten auf ihrer Heirat mit Roth bestanden.

Manchmal wünschte er, sie hätte ihm dies verschwiegen. Doch es war eine Erklärung für die Kälte in ihrer Ehe und ihr Desinteresse. Immerhin hatte sie ihre Töchter angebetet.

»Kommst du, Roth?«, fragte ihr Gastgeber, Lord Cosford, als er neben Roth in den Salon schritt.

»Ja.« Roth holte tief Luft und trat über die Schwelle. Obwohl er sich sagte, nach einer anderen anstatt Mrs. Dunthorpe zu suchen, entdeckte er sie ohne Mühe. Sie stand in der Nähe des Kamins und hielt ein Glas Wein in der Hand. Ein atemberaubendes blaues Kleid umschmeichelte ihre Kurven. Das Kleid war mit einem Minimum an Spitze und Rüschen versehen, was Roth bevorzugte. Sie sah elegant und schön aus, und sie war genau die Art von Frau, der er nachstellen wollte.

Aber das sollte er nicht.

Sein Ziel bei seiner Suche nach einer Frau bestand keinesfalls darin, sich zu verlieben oder gar eine große Anziehung auszuüben. Beides hatte er mit Pamela gehabt, und sie hatte ihm das Herz gebrochen – endgültig und unwiderruflich. Er wollte nicht nur vermeiden, wieder zu lieben, sondern er war auch nicht sicher, ob er das noch konnte.

Sicher war er sich nur, dass er sich eine Mutter für seine Töchter wünschte und vielleicht die Möglichkeit, einen Erben zu zeugen. Selbst das war nicht unbedingt nötig. Er hatte einen jüngeren Bruder, der mehr als fähig wäre, seine Nachfolge anzutreten, und im Gegensatz zu Roth hatte dieser Bruder bereits einen Sohn.

Nein, im Großen und Ganzen war Mrs. Dunthorpe ein Risiko, das er nicht einzugehen brauchte. Am besten würde er die außergewöhnliche Anziehungskraft, die er zu ihr verspürte, ignorieren und seine Aufmerksamkeit auf andere Damen lenken.

Allerdings hatte er sie gebeten, einen Tanz für ihn zu reservieren. Wenigstens das war er ihr schuldig. Am besten brachte er dies also gleich hinter sich.

Roth machte sich auf den Weg zu ihr. Kurz bevor er sie erreichte, schaute sie zu ihm hin. Ihre Blicke trafen sich und verweilten, wobei er wieder das primitive Verlangen hatte, sie über die Schulter zu werfen und nach oben zu tragen. Dann würde jeder wissen, dass sie ihm gehörte.

Das war eine Katastrophe.

Er lächelte breit und verbeugte sich. »Guten Abend, Mrs. Dunthorpe.« Sie hatten beim Abendessen an entgegengesetzten Enden des Tisches gesessen, weshalb er seit dem Nachmittag nicht mehr mit ihr gesprochen hatte.

Sie sank in einen flachen Knicks. Um ehrlich zu sein, war ihre Förmlichkeit unnötig und sogar ein wenig albern, wenn man bedachte, dass sie sich auf einer intimen Hausparty befanden. Warum taten sie das?

Seiner Vermutung nach versuchte er, die Dinge formell und über jeden Vorwurf erhaben zu gestalten. Als ob das diese Flut der Sehnsucht aufhalten könnte, die ihn durchströmte.

»Guten Abend, Roth«, meinte sie, und ihr warmer, verführerischer Ton schürte seine Erregung. »Die Gentlemen haben sich nicht lange mit ihrem Portwein aufgehalten.«

Er beugte sich vor, und Maiglöckchenduft stieg ihm in die Nasenlöcher. Er versuchte, sich nicht auszumalen, wie köstlich sie riechen musste, wenn er seine Lippen und seine Nase auf ihre entblößte Haut drückte. »Lord Cosford hat den Vorschlag gemacht, dass wir uns lieber früher als später zu den Damen gesellen sollten.«

»Ich verstehe. Der Zweck für diese Party besteht vermutlich darin, dass wir uns unter die Leute mischen sollen.« Sie nippte an ihrem Wein und über den Rand ihres Glases hinweg trafen ihre verführerischen Augen noch immer die seinen.

Flirtete sie etwa mit ihm? Oder spielte sie zumindest auf den romantischen Grund der Party an? War sie hierhergekommen, um wieder zu heiraten, oder aus einem anderen, eher kurzzeitigen Grund? Als er sie gefragt hatte, ob sie nicht mehr allein sein wollte, war sie ausweichend gewesen.

Der Gedanke an eine Liaison mit ihr kam ihm in den Sinn. Er würde eine kurze, heiße Affäre begrüßen. Dabei bestünde keine Gefahr einer romantischen Bindung oder eines verlorenen oder gebrochenen Herzens.

Er überstürzte die Dinge. Hatte er nicht mit ihr tanzen wollen, um die Sache hinter sich zu bringen? Und dann was – sie für die Dauer der Party zu ignorieren? Das konnte Roth sich nicht vorstellen. Sie waren nicht einmal dreißig Gäste. Ihr aus dem Weg zu gehen, wäre bestenfalls unmöglich und schlimmstenfalls ausnehmend unhöflich.

»Der Tanz wird gleich beginnen«, bemerkte Roth. »Ich bin gekommen, um meinen versprochenen Tanz einzufordern.«

Sie lächelte und zog dabei kurz die Brauen in die Höhe. »Oh, wundervoll. Sehen Sie es mir bitte nach, wenn ich einen Fehltritt mache. Es ist lange her, seit ich zum letzten Mal getanzt habe.« Sie trank ihren Wein aus und stellte ihr leeres Glas auf dem Tisch ab.

Roth überlegte, ob er ihr seinen Arm anbieten sollte, doch sie hatten es nicht weit.

Lord und Lady Cosford standen mitten auf der provisorischen Tanzfläche. Eine Hälfte des Raumes war von Möbeln freigeräumt worden, und in der Ecke stand ein Pianoforte.

»Der Tanz wird gleich beginnen, sobald Lady Cosford das Stichwort gibt«, verkündete Lord Cosford und schenkte seiner Frau ein liebevolles Lächeln. »Bitte heißen Sie Mrs. Henrietta Goodlands willkommen. Sie ist eine äußerst begabte Musikerin und wird in dieser Woche bei uns sein.«

Eine zierliche Frau Mitte vierzig schritt auf das Pianoforte zu und verneigte sich. Dann nahm sie ihren Platz ein.

Roth beobachtete, wie der Gastgeber die Gastgeberin an ihren Platz führte. Er kannte die beiden schon lange, und ihre Liebe war ebenso spürbar wie ihre Gutherzigkeit. Ihre Ehe war zu beneiden, und nach Pamelas Tod, hatte sich Roth von den Cosfords und anderen wie ihnen eine Zeitlang ferngehalten. Andere so innig und ineinander verliebt zu sehen, hatte ihm einen Schmerz bereitet, den er nicht hatte ertragen können.

»Sollen wir auf unsere Plätze gehen?«, fragte Mrs. Dunthorpe und unterbrach ihn in seiner Gedankenverlorenheit.

»Natürlich.« Roth führte sie auf die lange Reihe zu.

»Lassen Sie uns am Ende stehen, damit ich zuschauen und mich wieder vertraut machen kann«, sagte sie leise.

»Gewiss.« Sie stellten sich auf ihre Plätze am Ende der Reihe. Roth beobachtete sie, wie sie sich ganz auf den Tanz konzentrierte, und ihre Blicke Lord und Lady Cosford folgten, die zur Musik einherschritten.

Als das nächste Paar zu tanzen begann, schien sich Mrs. Dunthorpe zu entspannen, und ihre Gesichtszüge glätteten sich.

»Ist Ihnen jetzt alles wieder eingefallen?«, fragte er über den Abstand hinweg, der sie trennte.

»Ich glaube schon. Das werden wir ja bald herausfinden.« Sie warf ihm einen kecken Blick zu, bei dem sich sein Magen vor Sehnsucht zusammenballte.

Und tatsächlich machte sie ihre Sache sehr gut. Ihre Schritte waren leicht und sicher, und ihr Lachen steigerte Roths Vergnügen nur noch mehr. Als der Tanz zu Ende war, schimmerten ihre Wangen in einem schönen rosigen Ton.

»Möchten Sie nach unseren Strapazen etwas trinken?«

»Ja, bitte.«

Diesmal bot er seinen Arm an. Nicht, weil die Erfrischungen so weit entfernt zu finden waren, sondern weil er sich einfach nicht imstande sah, eine einzige weitere Gelegenheit für Berührungen verstreichen zu lassen.

Sie schlang ihre Hand um seinen Unterarm, und zwar

dichter am Ellbogen als am Handgelenk. Roth widerstand dem Drang, seine andere Hand auf die ihre zu legen und ihre bloßen Finger zu streicheln. Niemand hatte heute Abend Handschuhe angezogen.

»Warum haben Sie so lange nicht mehr getanzt?«, fragte Roth.

»Die gesellschaftlichen Möglichkeiten in Birmingham sind nicht so weitschweifig wie die in London, vermute ich. Bald beginnt unsere Saison und sie dauert den ganzen Winter über.«

»Aber es gibt doch bestimmt Bälle und andere Veranstaltungen.«

Sie warf ihm einen leicht koketten Blick zu. »Ja, aber ich bin eher eine Mauerblümchen-Witwe. Die Gentlemen ziehen es vor, sich mit jungen, unverheirateten Ladys abzugeben.«

Das war beinahe ein Frevel, denn Mrs. Dunthorpe war ebenso hübsch und bezaubernd wie jede junge, unverheiratete Lady. Er schätzte sie auf nahezu dreißig, und wenn sie, wie sie angedeutet hatte, ein Jahrzehnt lang allein gewesen war, dann wäre sie eine junge verwitwete Lady mit Charme und von großer Schönheit gewesen. Roth fand es merkwürdig, dass sie keinen Partner hatte. Oder wieder geheiratet hatte.

Vielleicht wollte sie das nicht, du Holzkopf.

Möglicherweise trauerte sie sogar noch um ihren Mann.

Sie trafen auf einen Diener mit einem Tablett voller Getränke. »Was möchten Sie?« fragte Roth sie.

»Es gibt Hock, Sherry und Port«, bot der Diener an.

»Hock, bitte.«

Roth nahm ein Glas des hellen Weins und reichte es ihr. Dann nahm er ein Glas Portwein für sich selbst.

Sie nahm die Hand von seinem Arm, und er begnügte sich damit, dass sie eng beieinander standen. Dann stieß er mit seinem Glas sanft an das ihre. »Auf neue Bekanntschaften.«

»Und aufs Tanzen«, fügte sie mit einem Funkeln in den Augen hinzu.

Nachdem er einen Schluck Portwein getrunken hatte, griff Roth eine von Dutzenden von Fragen auf, die er ihr stellen wollte. »Sie kommen also aus Birmingham?«

»Nach dem Tod meines Mannes bin ich dorthin gezogen. Und wo befindet sich Ihr Anwesen?«

»Mein Familiensitz, Ludlow Court, liegt im südlichen Yorkshire, aber ich verbringe einen Großteil meiner Zeit in London und anderswo.«

»Ich hätte nicht angenommen, dass Sie nur ein Anwesen besitzen«, entgegnete sie lachend. »Vielleicht haben Sie ein Dutzend.«

»Ich habe zwei. Und ein Jagdhaus in der Nähe von Lancaster. Ich gebe zu, dass ich weniger ein Freund dieses Sports bin, sondern jemand, der die Natur einfach genießt. Ich habe viele schöne Erinnerungen an Lune Lodge aus der Zeit, als ich mit meinem Vater und Großvater dort war.«

»Das klingt reizend. Gehen Sie jemals mit Ihren Töchtern dorthin?«

Er starrte sie an. »In ein Jagdhaus?«

Mrs. Dunthorpe lachte. »Sie scheinen schockiert zu sein. Sie sagten, Sie gehen vor allem deshalb hin, weil Sie gerne draußen sind. Ich dachte, Ihre Töchter würden das auch zu schätzen wissen.«

»Das haben sie getan. Genauer gesagt trifft dies auf Violet zu. Sie ist inzwischen ganze neun Jahre alt und hat erklärt, dass sie sich nicht mehr schmutzig machen darf. Rosamund hingegen freut sich noch, fröhlich durch die Landschaft zu marschieren. Sie angelt sogar gern.« Er schmunzelte. »Wahrscheinlich ist sie eine bessere Sportlerin als ich.«

Grinsend fragte Mrs. Dunthorpe. »Und wie alt ist sie?«

»Sechs.«

»Sie klingt reizend, und wahrscheinlich ist sie manchmal ein wenig anstrengend?«

»Beide können das gelegentlich sein, weshalb ich auch möchte, dass sie eine Mutter haben. Meine Mutter lebt im Witwensitz von Ludlow Court, aber sie hat auch eine Residenz in Bath. Die Mädchen kommen während der Saison mit mir nach London. Ich bin nicht gern so lange von ihnen getrennt.«

Mrs. Dunthorpes dunkle Augen wurden sanft. »Sie klingen wie ein hingebungsvoller Vater. Meiner war so. Ich vermisse ihn jeden Tag.«

»Es tut mir leid, dass er nicht mehr bei Ihnen ist«, entgegnete Roth leise. »Was ist mir Ihrer Mutter?«

»Sie starb, als ich noch klein war. Ich erinnere mich überhaupt nicht an sie. Es waren immer nur mein Vater und ich.«

Sie *war* allein gewesen.

»Zusammen mit den anderen, die im Gasthaus gearbeitet haben.« Wieder röteten sich ihre Wangen und eilig trank sie einen Schluck Wein.

Bedauerte sie, das gesagt zu haben? Roth war zu neugierig, um diesen Kommentar ohne Nachfrage durchgehen zu lassen. Er wollte absolut alles über sie wissen. »Welches Gasthaus?«

»Mein Vater hat ein Gasthaus besessen. Dort bin ich aufgewachsen. Die Leute dort – die Köchin, die Dienstmägde, die Knechte – sie waren meine Familie.«

Ihr Vater hatte ein Gasthaus besessen. Sie schien aus anderen Kreisen zu stammen, denn ihr mangelte es am Hochmut oder der gesellschaftlichen Überheblichkeit, die vielen seiner Klasse eigen war. Plötzlich kam er sich wie ein Schnösel voller Vorurteile vor.

»Ich kann mir vorstellen, dass das für Sie ziemlich fremd klingen muss.« Ihr Lächeln war einnehmend und herzlich –

und ganz und gar nicht wertend. Sie hatte ihn durchschaut und trotzdem nicht angewidert die Flucht ergriffen. Es schien unmöglich, dass er noch größere Zuneigung zu ihr entwickeln konnte, doch genau so war es.

»Es klingt anders. Es klingt auch schön, als hätten Sie eine feste Gruppe von Menschen gehabt, die sich um Sie gekümmert haben und umgekehrt.«

»Sie waren mir immer sehr lieb. Obwohl mein Vater nicht mehr lebt, arbeiten die meisten von ihnen noch im Gasthaus. Als er krank wurde, hatte er es veräußern müssen.«

Roth vernahm den Anflug von Traurigkeit in ihrer Stimme, aber bevor er sie trösten konnte, hellte sich ihre Stimmung wieder auf und sie sprach weiter. »Genug davon. Erzählen Sie mir von London. Dort war ich noch nie.«

»Es ist belebt und schön, aber auch überfüllt und schmutzig. Ich mag die Parks und das Theater. Besonders gerne fahre ich nach Richmond.«

»Was ist mit der Saison und dem Parlament? Ich kann mir vorstellen, dass es wie ein Wirbelwind sein muss.«

»Das ist möglich«, entgegnete er. »Seit dem Tod meiner Frau vor fünf Jahren habe ich die gesellschaftlichen Ereignisse der Saison gemieden. Ich habe es vorgezogen, meine Energie auf meine Verpflichtungen im House of Lords zu konzentrieren.«

»Ich kann verstehen, dass Sie das wollten«, meinte sie mit leisem Verständnis. »Worin bestehen Ihre Verpflichtungen?«

»Ich bin Vorsitzender verschiedener Ausschüsse. Ich engagiere mich besonders für die bereits zuvor erwähnten Orte. Viele darunter sind nicht nur überfüllt und schmutzig, sondern auch baufällig. Jeder hat ein Anrecht auf eine sichere Unterkunft.«

»In der Tat.« Sie klang beeindruckt. »Was für eine

bewundernswerte Position, die Sie dort einnehmen. Ich hoffe, Ihre Kollegen hören auf Sie.«

Er stieß ein kurzes, scharfes Lachen aus. »Nicht so häufig, wie es mir lieb wäre, aber ich werde nicht aufhören, sie zu überzeugen.«

»Ich kann verstehen, dass Sie mit Ihrer Arbeit und Ihren Töchtern keine Zeit für die Aktivitäten der Saison haben. Was machen sie denn gerne in London?«

»Violet hat erklärt, dass sie dieses Jahr die Bond Street besuchen möchte.« Er schüttelte den Kopf. »Bis dahin wird sie zehn Jahre alt sein und sie besteht darauf, dass es notwendig für sie ist, Einkaufen zu lernen, zumal sie keine Mutter hat.« Er warf ihr einen schiefen Blick zu. »Verstehen sie nun, warum ich eine Frau finden muss?«

Mrs. Dunthorpe lachte. »Das ist unzweifelhaft eine prekäre Situation. Ich hoffe, Sie finden bis zum neuen Jahr eine neue Countess.«

»Ich danke Ihnen. Ich weiß die Unterstützung zu schätzen.« Er musterte sie einen Moment, ohne erkennen zu können, ob sie vielleicht Interesse hätte. Es gab keinen Hinweis darauf, der dafürsprach.

Aber es gab auch keinen Hinweis, der *dagegensprach*.

Einer der jüngeren Anwesenden, Mr. Jacob Emerson, schritt auf sie zu. Roth vermutete, dass seine Zeit mit Mrs. Dunthorpe bald ein Ende haben würde. Zumindest für den heutigen Abend.

»Ich glaube, ich bin im Begriff, Sie zu verlieren«, murmelte er.

Fragend zog sie die Augenbrauen in die Höhe, doch selbst wenn sie wollte, hätte sie nichts mehr antworten können, weil Emerson im Anmarsch war. Er warf einen Blick in Roths Richtung und neigte den Kopf, ehe er sich mit seiner ganzen Aufmerksamkeit Mrs. Dunthorpe zuwandte.

»Ich konnte nicht umhin, Ihre Anmut auf der Tanzfläche

zu bewundern, Mrs. Dunthorpe. Ich hatte gehofft, Sie würden mir gestatten, Sie zum nächsten Tanz zu führen.« Emersons Gesichtsausdruck war ernsthaft, wenn auch ein wenig nervös. Er schien der jüngste unter den anwesenden Gentlemen zu sein. Roth schätzte ihn auf fünfundzwanzig. Mrs. Dunthorpe brauchte gewiss einen Mann mit mehr ... Reife.

Roth erinnerte sich, dass Emerson sie zum Tanz aufforderte und nicht um ihre Hand anhielt. Er erinnerte sich auch, dass er damit das sprichwörtliche Pferd von hinten aufzäumte.

Die Wahrheit traf ihn wie ein Schlag ins Gesicht: Er war eifersüchtig. Obwohl er Mrs. Dunthorpe erst heute Nachmittag kennengelernt hatte, wollte er sie ganz für sich allein haben.

»Ich wäre Ihnen sehr verbunden, Mr. Emerson«, entgegnete sie. Dann drehte sie den Kopf zu Roth und schenkte ihm ein strahlendes Lächeln, das seine niederen Gefühle besänftigte. »Ich danke Ihnen für die angenehme Unterhaltung.«

»Ich danke Ihnen.« Er nahm ihre Hand und drückte die Lippen sanft auf ihre Knöchel. Obwohl er sich danach sehnte, dort zu verweilen, ließ er sie los. »Ich freue mich auf unsere nächste Begegnung.«

Und er betete, dass diese nicht allzu lange auf sich warten ließe.

KAPITEL 3

Die letzte Darbietung des Talentwettbewerbes am folgenden Tag, bei der Lord Cosford auf einer Gitarre spielte, endete mit einem tosenden Beifall. Lady Cosford hatte ihre Gäste aufgefordert, ihr Können zu zeigen, und diejenigen, die sich getraut hatten, waren auf dem Podium im Ballsaal an der Reihe gewesen. Charlotte hatte einen Auftritt abgelehnt, da sie nicht wusste, was sie dem Publikum darbieten sollte.

Die Talente reichten vom Rezitieren von Shakespeare oder Gedichten über Gesang bis hin zu Mr. Emerson, der versuchte, mit Äpfeln zu jonglieren – und dabei kläglich scheiterte. Charlotte bemerkte, dass Roth ebenfalls nicht teilgenommen hatte. Er hatte in der Reihe hinter ihr gesessen, aber leider nicht nah genug, um ein paar Worte zu wechseln.

Hoffentlich würden sie nach dem Ende des Wettbewerbs Gelegenheit haben, miteinander zu sprechen. Immer wieder musste sie an ihr Gespräch von gestern Abend denken. Seine Liebe zu seinen Töchtern und sein Bestreben, den Armen zu helfen, waren besonders bezaubernd. Er war nicht nur unglaublich gutaussehend und charmant, sondern er besaß Integrität und eine unwiderstehliche Liebe für seine Familie.

Zudem hatte er sich scheinbar von Emmersons Unterbrechung gestört gefühlt. Die Augen des Earls hatten sich für einen flüchtigen Augenblick verengt. Vielleicht hatte Charlotte sich das auch nur eingebildet. Oder vielleicht hatte sie Roths unmittelbare Leidenschaft für sie richtig eingeschätzt. *Oder*, was noch wahrscheinlicher war, hatte sie sich seine Reaktion nur eingebildet, damit es ihr nicht albern vorkam, ein eigenes plötzliches und unerklärliches Verlangen nach ihm zu hegen.

Jetzt, im Licht des folgenden Tages, wurde ihr klar, wie unsinnig das alles war. Mit dreißig Jahren fand sie sich schlicht damit ab, allein zu sein und der praktischen Gewissheit, dies auch für immer zu bleiben.

»Im hinteren Bereich des Ballsaals gibt es Erfrischungen«, verkündete Lady Cosford.

Charlotte, die unbedingt mit Roth sprechen wollte, stand auf. Doch bevor sie sich auf den Weg zum Earl machen konnte, drehte sich Emerson, der sich ebenfalls erhoben hatte, zu ihr um. »Habe ich mich beim Jonglieren furchtbar blamiert?«

»Keineswegs«, versicherte sie ihm. »Sie waren sehr unterhaltsam.«

»Ich konnte vor Jahren in Cambridge jonglieren. Ich nehme an, ich hätte gestern Abend üben sollen.« Er lachte auf. »Hätten Sie Lust auf ein Glas Wein oder Ratafia?« Er neigte den Kopf in Richtung der Erfrischungen, die auf einem Tisch angerichtet waren. An jedem Ende stand ein Diener bereit.

Charlotte lenkte ihren Blick zu dem Platz, auf dem Roth gesessen hatte, aber er war nicht da. Sie suchte den Raum ab und beobachtete, wie er sich von den Stühlen entfernte. Dann wandte er sich ab und hielt auf die Tür zu.

Nein, er durfte nicht gehen!

Sie wollte ihm jedoch auch nicht nachlaufen und damit provozieren, dass Augenbrauen in die Höhe gezogen oder noch schlimmer, Klatsch und Tratsch ins Leben gerufen wurden. »Ein Glas Ratafia kann nicht schaden«, antwortete sie mit einem gezwungenen Lächeln.

Sie ergriff Emersons Arm, als er sie zum Tisch führte. Der Diener servierte ihnen die Getränke, und Charlotte verbrachte die nächste Viertelstunde damit, Emersons Bericht zu lauschen, wie er mit dem Jonglieren angefangen hatte und auf welche Weise er seine Fähigkeiten noch einmal verbessern wollte. Sobald sich andere Gäste zu ihnen gesellten, entschuldigte sie sich und schlenderte gemächlich aus dem Ballsaal.

Wo war Roth hingegangen? Sie hatte andere Gentlemen gehen sehen und nahm an, dass sie das Billardzimmer aufgesucht hatten. Dort schienen sich die männlichen Gäste zu versammeln.

Folglich befand sie, dass es keinen Sinn hatte, ebenfalls dorthin zu gehen. Sie akzeptierte ihre Niederlage und suchte den Landschaftsraum auf, wobei es sich ein kleines Zimmer in der Nähe der Bibliothek handelte, in dem es angeblich mehrere Landschaftsgemälde zu bewundern gab. Darunter befand sich auch eines von Charlottes Lieblingsmaler Richard Wilson.

Lieblingsmaler? In Wahrheit war er der einzige berühmte Landschaftsmaler, dessen Werke sie gesehen hatte. Eine ältere Dame in Birmingham, mit der sie befreundet war, besaß eines seiner Gemälde, eine Burgruine an einem See. Charlotte fand es provozierend und sogar ein wenig gespenstisch. Sie war neugierig, wie dieses Bild aussah und ob es die gleichen Empfindungen hervorrufen würde.

Charlotte betrat den Landschaftsraum und blieb abrupt stehen. Auf der gegenüberliegenden Seite stand Roth und betrachtete ein Gemälde. Zumindest war sie sich ziemlich sicher, dass es sich um den Earl handelte. Sie hatte sich sein Aussehen von hinten nicht gemerkt. Das Haar war auf jeden Fall von dem gleichen Weizenblond, und die Breite seiner Schultern sowie die schmal zulaufende Taille sprachen für seine Identität.

Vielleicht war es nicht richtig von ihr, so dazustehen und ihn anzustarren, doch sie stellte fest, dass sie nicht imstande war, ihn anzusprechen. Sie hatte gehofft, ihn zu sehen. Sie sehnte sich danach, mehr Zeit mit ihm zu verbringen. Und hier war er. Allein.

Er schlenderte von der hinteren Wand zur rechten Seite und richtete seine Aufmerksamkeit auf das nächste ausgestellte Gemälde. Sein Kopf war leicht zu ihr gedreht, um dann ganz in ihre Richtung zu schnellen. »Mrs. Dunthorpe?«

»Ich bin gekommen, um mir den Wilson anzusehen.«

»Er ist wunderschön. Schauen Sie nur.« Er machte ihr ein Zeichen, sich ihm anzuschließen, während er sich umdrehte und zur Mitte der gegenüberliegenden Wand schritt. »Sind Sie eine Bewunderin von Wilson?«

»Ich, ähm, mag das Gemälde von ihm, das ich gesehen habe.« Sie warf ihm einen leicht verwirrten Blick zu. Er war so wortgewandt, insbesondere im Vergleich zu ihr.

»Ich schätze seine Landschaften sehr. Das Licht in diesem Bild gefällt mir besonders gut.«

Charlotte betrachtete das Gemälde und versuchte, den neben ihr stehenden Gentleman nicht zu beachten. Das war allerdings aussichtslos. Sie musste eher das Gefühl ignorieren, das seine Nähe in ihr auslöste. Warm und schwer. Unruhig.

Atemlos.

Sie blinzelte, holte stotternd Luft und sah sich dann die Landschaft an. Die Sonne ging auf der rechten Bildseite unter und warf ein warmes Licht auf den Rest des Gemäldes, das Charlotte zu spüren meinte. Nein, es war die Wärme von Roths Arm, der ihren streifte.

»Der Himmel sieht unglaublich echt aus. Inmitten von all dem blassen Blau und Gold waren Wolkenfetzen zu erkennen. Ein Fluss schlängelte sich mitten durch die Landschaft und reflektierte das dämmrige Licht.

»Es erinnert mich an einen lauen Sommerabend, als ich jung war«, meinte Roth leise. »Mein Vater nahm mich und meinen jüngeren Bruder mit an den Don Fluss. Papa brachte uns bei, wie man Steine über das Wasser hüpfen lässt. Dann zogen wir uns bis auf die Hose aus – sogar Papa – und planschten, bis es beinahe dunkel geworden war.«

Charlotte lächelte, als sie den Kopf zu ihm drehte. »Wie alt waren Sie?«

Roth drehte den Kopf ebenfalls, und nun waren sich ihre Gesichter sehr nahe. »Acht. Mein Bruder, Simon, war sechs.«

»Das klingt nach einer schönen Erinnerung. Ich habe eine ähnliche mit meinem Vater, aber es war ein Bach, kein Fluss. Wir gingen jeden Sonntag nach der Kirche hin. Nun, zumindest an den Sonntagen, an denen er in die Kirche ging. Das konnte er nicht jede Woche, doch er trug Sorge dafür, dass ich sie besuchte.« Sie senkte die Stimme zu einem verschwörerischen Flüstern. »Das musste ich auch, denn der Pfarrer gab mir Unterricht in allen Fächern, von Geografie über Geschichte bis hin zu rudimentärem Latein.«

Roths Augen weiteten sich leicht. »Sie sprechen Latein?«

»Meine Güte, nein. Ich kann Latein lesen – passabel. Ich habe es hinbekommen, ein wenig Französisch zu sprechen, aber ich bin aus der Übung. Gelegentlich unterhalte ich mich mit einer Freundin.« Es war tatsächlich die Dame, die den Wilson besaß.

»Sie verblüffen mich, Mrs. Dunthorpe.« Er sprach in einem seidigen, von Bewunderung schwingenden Tonfall.

Charlotte lenkte die Aufmerksamkeit wieder auf das

Gemälde, um sich nicht völlig in den unergründlichen Tiefen von Roths glitzernden grünen Augen zu verlieren. »Sind Sie auch wegen des Wilsons gekommen?«

»Eigentlich wollte ich mir eine Landschaft von Cosfords Cousin ansehen. Er sagte, sie sei mittelmäßig, aber er habe sich verpflichtet gefühlt, sie irgendwo auszustellen. Dann kicherte er und sagte, das Gemälde sei sehr ... *beredet*. Ich verstand das so, dass es etwas Einzigartiges an sich hat.«

»Und hat es das?«

»Ich habe es noch nicht gefunden. Cosford sagte, es zeige einen Zierbau auf dem Anwesen seines Vaters – er ist der Herzog von Ironbridge. Bislang ist mir allerdings nur ein Gemälde mit einem Zierbau untergekommen, und der befand sich im Hintergrund, also glaube ich nicht, dass es das richtige Bild ist. Zudem war es auch besser als mittelmäßig, zumindest meiner Meinung nach, wenngleich es auch nichts besonders Unterhaltsames an sich hatte.«

»Das ist doch das Schöne an der Kunst«, meinte Charlotte und ließ ihren Blick über die etwa zwei Dutzend Landschaften schweifen, die den Raum schmückten. »Was für Lord Cosford mittelmäßig ist, kann für Sie außerordentlich sein.«

»Und für Sie völliger Blödsinn.« Roth lachte. »Ich scherze. Irgendwie glaube ich, Sie würden an allem und jedem etwas finden, das zu loben wäre.«

»Warum?«

Er zuckte mit den Schultern. »Vermutlich sind Sie besonders gutherzig. Großzügig. Oder vielleicht bin ich auch nur Ihrem Charme erlegen.« Er klimperte mit den Wimpern, als würde er flirten.

Charlotte schnaubte und wünschte sofort, sie könnte ihre Reaktion rückgängig machen. Blitzschnell hob sie die Hand zu ihrem Gesicht, als könnte sie den Ton zurückdrängen. »Verzeihung«, murmelte sie.

Grinsend schüttelte Roth den Kopf. »Das werde ich nicht. Das Schnauben war auch charmant.«

»Es ist nett, dass Sie das sagen, aber dies gehört nicht zu den Dingen, die ich mir normalerweise in Gegenwart von … anderen erlaube.« Sie wollte gerade »attraktiven Gentlemen« sagen, beschloss jedoch, dass sie sich ohnehin schon zu nahestanden und ihr Gespräch zu intim war.

Intim?

Weil sie sich mit ihm wohl fühlte. Wohl genug, um zu schnauben, wie es schien.

»Wir suchen also nach einer Landschaft mit einem Zierbau im Vordergrund?«, fragte sie und hielt es für das Beste, das Gespräch von ihrer Person abzulenken.

Er zog eine blonde Augenbraue in die Höhe. »Tun wir das? Ich würde Ihre Gesellschaft zu schätzen wissen. Es scheint weder an dieser noch an der hinteren Wand zu hängen, und ich war gerade dabei, diese hier in Augenschein zu nehmen.« Er gestikulierte quer durch den Raum zu der Stelle, an der er sich zu ihr umgedreht hatte, als sie ihn heimlich betrachtet hatte.

‚Ihm nachspionierte‘ war vielleicht eine bessere Beschreibung.

Nein, sie hatte nicht spioniert. Sie hatte ihn … bewundert. Als wäre er ein Gemälde.

Charlotte zog innerlich eine Grimasse.

»Sie können sich gerne die Gemälde an den Wänden ansehen, die ich bereits besichtigt habe. Das sollten Sie sogar, denn es gibt einige ausgesucht schöne Landschaften.«

»Ich denke, ich habe mich darauf versteift, den in Rede stehenden Zierbau zu finden, aber sobald uns das gelungen ist, werde ich womöglich eine Runde durch das Zimmer drehen.«

»Nun gut. Sollen wir weitergehen?« Er drehte sich um, und sie folgte ihm zu der anderen Wand.

»Sie haben den Talentwettbewerb ziemlich schnell verlassen«, bemerkte Charlotte und kam sofort wieder auf das Thema zu sprechen, das sie gerade verlassen hatte: sie beide. Genauer gesagt, *ihn.*

Sie blieben vor einem Landschaftsgemälde stehen, auf dem Pferde auf einem weiten Feld grasten und eine große Eiche auf einer Seite Wache stand. Sie riskierte einen Seitenblick zu Roths Profil, das den kräftigen Vorsprung seines Kinns und den unfassbar langen Schwung seiner Wimpern zeigte. »War es nicht nach Ihrem Geschmack?«

»Ich muss sagen, dass es unterhaltsam war – einige der Aufführungen mehr als andere.«

»Warum sind Sie nicht aufgetreten?«

Er warf ihr einen verschmitzten Blick zu. »Warum sind *Sie* nicht aufgetreten?«

»Ich stehe in einer großen Gruppe nicht gern im Mittelpunkt. Es war schon schwer genug, als ich gestern Abend bei der Vorstellung etwas sagen musste.« Auf Cecilias Anweisung hin hatten sie sich in einem großen Kreis versammelt und erzählten abwechselnd allen etwas über sich. Sie hatte über sich verraten, dass sie die Ruhe der späten Nacht und des frühen Morgens mochte.

Sobald die Worte ihren Mund verlassen hatten, war ihr klar geworden, dass dies als subtile Einladung verstanden werden konnte, zu diesen Zeiten ihre Gesellschaft zu suchen. Wäre es eine normale Hausparty gewesen, hätte sie das nicht gedacht, aber dies war eine Party mit dem Ziel, die Gäste als Ehepartner oder Liebhaber zusammenzubringen. Zum Glück hatte niemand mitten in der Nacht an ihrer Tür geklopft.

Bedauerlicherweise bedeutete das aber auch, dass Roth dies auch nicht getan hatte.

»Sie hätten sich hervorragend geschlagen, da bin ich sicher. Sie hätten Ihre Sache nicht schlechter als Emerson mit seiner Jongliereinlage machen können.« Er lächelte. »Ich glaube, er wollte amüsant sein.«

»Das glaube ich auch. Er hatte nicht geübt und gedacht, er würde sich besser an sein Können aus seiner Zeit in Cambridge erinnern. Er sagte mir, er hätte das Jonglieren dort gelernt. Warum sollte er sich nicht, wenn er es nicht beherrschte, um ein wenig Gelächter bemühen?«

»Das ist ihm sicherlich gelungen.« Roth drehte sich ein wenig zu ihr um. »Ist es das, worüber er mit Ihnen nach den Aufführungen gesprochen hat?«

Er hatte ihre Unterhaltung mit Emerson beobachtet? Und ging sein Tonfall nicht ein wenig über bloße Neugier hinaus?

»Ja«, antwortete sie. »Er hat mir alles über seine Erfahrungen im Jonglieren erzählt. Er gedenkt, seine Fähigkeiten noch einmal zu verfeinern.«

»Dann wird er für das nächste Mal gerüstet sein, wenn er sein Talent unter Beweis stellen muss. Aus diesem Grund habe ich auch nicht teilgenommen. Ich hatte nichts zu demonstrieren.« Er legte den Kopf schief. »Das ist eindeutig nicht das Bild, nach dem wir suchen.« Er schlenderte zum nächsten, und sie trat zu ihm vor eine Landschaft mit einem Wasserfall.

»Das gefällt mir«, meinte sie. Das Wasser auf dem Gemälde schien sich zu bewegen, als würde es wirklich in Kaskaden herabstürzen. »Sie hätten tanzen können. Darin sind Sie sehr gut.«

Er drehte sich zu ihr um und lachte leise. »Und wie hätte ich das allein bewerkstelligen sollen? Es sei denn ... Sie hätten sich als Partnerin angeboten. Dann hätten wir beide mitgemacht.«

Sie drehte sich zu ihm um und amüsierte sich so sehr wie schon lange nicht mehr. »Und welchen Tanz hätten wir dann zu zweit vorgeführt?«

Er rümpfte die Nase und legte die Stirn in Falten, als er

über ihre Frage nachdachte. Schließlich schlug er vor: »Das Menuett?«

»Ich kenne die Schritte nicht, also vielleicht nicht.«

»Das hätte ich Ihnen beibringen können. Oder es gibt einen Tanz, der in Österreich sehr beliebt ist. Er heißt Walzer und wird paarweise getanzt. Man berührt sich und ist sich während des gesamten Tanzes sehr nahe.« Sein Blick, der mit ihrem verhaftet war, blieb unerschütterlich. »Es ist überaus skandalös.«

Die Luft um sie herum wurde immer wärmer, und Charlotte kämpfte mit sich, um keinen Schritt auf ihn zuzugehen, denn sie waren nur zwei Schritte voneinander entfernt. In weniger als einem Atemzug könnte sie in seinen Armen liegen ...

»Wissen Sie, wie er getanzt wird?«

»Nicht genau.« Er zog die Augenbrauen hoch und sie sah seine Augen funkelten. »Ich weiß – wir hätten unseren eigenen Tanz kreieren können. Ich fürchte, wir haben hier eine Chance verpasst, Mrs. Dunthorpe.«

Wie sie sich danach sehnte, dass er sie Charlotte nannte! »Haben wir das? Ich sehe einen leeren Raum mit spärlicher Möblierung. Sicherlich könnten wir hier unseren Tanz proben.«

»Zu welchem Zweck?«, fragte er mit einem kleinen, aber überaus schelmischen Grinsen.

Sie zog eine Schulter hoch. »Brauchen wir einen Grund? Gelegentlich finde ich es angenehm, einmal etwas ... nur aus Spaß zu tun.«

»Da kann ich Ihnen nicht widersprechen. Wie soll unser Tanz aussehen? Soll es ein Dreiertakt sein? Oder Zweiertakt?«

Charlotte führte eine Hand an ihre Wange. »Jetzt haben Sie mich ganz ratlos gemacht. Ich habe keine Ahnung.«

»Vielleicht sollten wir mit dem Menuett anfangen und unseren Tanz von dort aus anpassen.«

»Ich sagte doch, ich kenne die Schritte nicht.«

»Dann ist es gut, dass meine Großmutter sie mir beigebracht hat, und jetzt kann ich sie Ihnen beibringen. Es sind sechs Schritte vorwärts und sechs zurück. Schauen Sie auf meine Füße.« Er rückte ein Stück weiter von der Wand weg und führte ihr die Schritte vor.

»Sie sind ein wenig zögerlich.«

»So kann man es gut beschreiben.» Er fasste ihre Hand und überraschte sie mit seiner Geste. Sie schnappte nicht richtig nach Luft, doch sie tat einen raschen Atemzug. Sein Blick schnellte kurz zu ihr. Er hatte es gehört. Sanft bewegte er seinen Daumen über ihre Finger. »Bereit, es zu versuchen?«

»Nein, aber wir denken uns das einfach aus, nicht wahr? Ich mag keine stockenden Schritte. Ich würde lieber etwas Lebhafteres machen.«

Er ließ ihre Hand los, und sie konnte sich ein Stirnrunzeln verkneifen. »Zeigen Sie es mir.«

Charlotte machte kleine Hüpfschritte und fügte einen Sprung hinzu, dann eine Drehung. »Mehr in diese Richtung.«

Jetzt schnaubte Roth. »Tut mir leid, aber das sieht viel zu sportlich aus. Ich dachte, wir wollten etwas Ruhigeres, etwas ... Intimeres.«

Sie begegnete seinem Blick mit einem spöttischen Ausdruck. »Ruhig klingt langweilig.«

»Mmm, das tut es.« Er blickte sie eindringlich an. »Und intim? Wie klingt das?«

Ein wohliger Schauer überlief ihre Schultern. »Skandalös, wie Ihr Walzer.«

»Es ist nicht *mein* Walzer.« Er tippte mit dem Finger an sein Kinn. »Ich glaube, es wird sich auch gedreht.«

»Sie haben auch Berührungen erwähnt. Sollen wir uns wieder an den Händchen halten?«

Er nickte mit gespielter Ernsthaftigkeit. »Ich denke, das müssen wir, wenn wir unserem Tanz gerecht werden wollen.«

Sie streckte ihre Hand aus, die er ergriff und seine Finger legten sich warm um ihre. »Wenn wir skandalös sein wollen, dann sollte ich Sie auch mit meiner anderen Hand berühren.«

Schnell umklammerte er diese. »Ja, ich glaube, das fühlt sich richtig an. Sollen wir uns drehen?«

Als sie sich darauf in einem langsamen Kreis bewegten, fasste sie seine Hände fester. »Kann das alles sein? Sicherlich müssen wir irgendwie vorankommen?«

»Wir können uns drehen, als würden wir in einer Reihe stehen, wie in einer Längsformation.« Er führte sie zum anderen Ende des Raumes, aber als sie zurücktanzten, verlor sie das Gleichgewicht und musste sich fester an ihn klammern.

Sie kicherte. »Mir ist ganz schön schwindlig. Zu viel Herumwirbeln.«

»Dem muss ich zustimmen. Ich fühle mich, als hätte ich zu viel Portwein getrunken.«

»Oh, das ist mir einmal passiert. Es war furchtbar. Ich dachte, das ganze Haus würde sich um mich drehen.«

Nun sah er ihr in die Augen. »Ich hoffe, dies ist nicht so furchtbar.«

»Weit gefehlt«, entgegnete sie leise. »Ich denke, es würde dem Tanz zugutekommen, wenn wir näher beieinander stünden. So ist man, wenn einem beim Wirbeln schwindelig wird, in der Nähe seines Partners, der einen vor dem sicheren Untergang retten kann.«

Er zog sie näher zu sich heran und seine Hände wanderten bis zu ihren Ellbogen. »Das ist ein gutes Argument. Sollen wir es noch einmal versuchen, mit sanfteren Drehungen?«

Sie legte die Handflächen auf seine Brust. »Ich glaube, ich muss mich irgendwie an Ihnen festhalten.«

»Dann umklammern Sie meine Schultern. Oder sogar meinen Nacken.«

Charlotte hielt den Atem an, als sie die Hände zu seinen Schultern hinaufgleiten ließ. Die seinen wanderten nun von ihrem Ellbogen zu ihrer Taille.

»Sie an Ihren Armen festzuhalten, schien unglaublich unangenehm«, flüsterte er fast. »Ist das akzeptabel?«

Mehr als das. Wenn er sie nur ganz an sich ziehen würde. Und dann seine Lippen auf die ihren sinken ließe ...

»Sollen wir tanzen?«, fragte sie und klang dabei so atemlos, wie sie sich fühlte. Atmete sie überhaupt noch?

Er bewegte sie in einem langsamen, sanften Kreis, wobei seine Augen die ihren nicht verließen. »Ich würde eine Melodie summen, aber ich habe keine Ahnung, was. Ich fürchte, Sie werden sich etwas vorstellen müssen.«

Sie stellte sich eine Menge vor, aber davon hatte nichts mit Musik zu tun. Ihre Hände näherten sich seinem Hals, während sie sich drehten. Diesmal war ihr nicht schwindelig, sondern sie verspürte nur eine anhaltende, köstliche Hitze, in ihrem Bauch.

Als sie wieder dort angekommen waren, wo sie begonnen hatten, hielt er sie an. »Das war schön. Wie sollen wir es nennen?«

»Den Landschaftswirbel?«

»Brillant.« Er blickt ihr noch einen Augenblick länger in die Augen. Würde er sie küssen?

Dann wanderte sein Blick zu einem Punkt hinter ihr, und seine Lippen teilten sich. »Dort ist es!«

Widerstrebend nahm Charlotte die Hände von seinen Schultern und drehte den Kopf. Sie sah sofort, was er meinte

– das Gemälde mit dem Zierbau in der Mitte. Es hing an der Wand hinter der Tür. »Wie ich sehe, hat Lord Cosford es an der unauffälligsten Stelle des Raumes platziert.«

Roth gluckste. »So scheint es. Kommen Sie, wir müssen sehen, was es damit auf sich hat.« Er ließ ihre Taille los, legte ihr aber eine Hand auf den Rücken und drückte die Handfläche an sie, während sie auf das Gemälde zuschritten.

Der Zierbau stand auf einem Hügel und war ein Freilufttempel mit Säulen. Im Inneren des Tempels saß eine Frau auf einer Bank, die Röcke leicht angehoben. Zwischen ihren Beinen befand sich die unverkennbare untere Hälfte eines Mannes, seine obere Hälfte war unter ihrem Gewand verborgen.

Jetzt zuckte Charlotte zusammen. »Ist er ... ?«

»Befriedigt er sie? Es hat den Anschein, dass er das tut ... jawohl.«

Charlotte riss ihren Blick von dem Gemälde los und sah Roth an. Seine Aufmerksamkeit war nicht auf das Gemälde gerichtet, sondern auf sie. Er betrachtete sie mit zu Schlitzen verengten Augen, und seine neckische Art war einem unverkennbaren, schwelenden Verlangen gewichen.

»Nun, das wird sicherlich für Gerede sorgen«, murmelte Charlotte, während die Lust in ihr pulsierte.

»Oder etwas anderes. Etwas weitaus ... Unbeherrschteres« Er kam näher zu ihr, sodass nur noch ein Atemhauch sie voneinander trennte.

»Ja«, raunte sie leise und ungeduldig, von ihm geküsst zu werden. Falls er das nicht tun sollte, würde sie einfach ihrer Lüsternheit nachgeben und anfangen, *ihn* zu verführen.

KAPITEL 4

Der Drang, Mrs. Dunthorpe zu küssen, überwältigte ihn beinahe. Aber er konnte ganz sicher niemanden küssen, den er als »Mrs. Dunthorpe« bezeichnete. Nichtsdestotrotz sehnte er sich danach, es zu tun.

Seit langer Zeit hatte er diese tiefe Sehnsucht nicht mehr gespürt. Es war beinahe beängstigend. Nein, es war eindeutig beängstigend. Er wollte diese starke Anziehung zu jemandem nicht fühlen.

Und dennoch tat er es. Er wollte nichts anderes, als sie in seine Arme schließen und sie küssen, bis sie vergessen hatte, was sie überhaupt im Landschaftszimmer taten.

Das *Landschaftszimmer.* Hier konnte er sie nicht küssen.

Erwog er etwa, dies an einem anderen Ort zu tun? Wie ihr Schlafzimmer oder das seine? Zog er eine Liaison in Erwägung?

Bremse dich.

Die Dinge zu schnell anzugehen hatte ihm eine romantische Enttäuschung eingebracht. Er würde den gleichen Fehler nicht zweimal machen.

Beinahe hätte er sich wieder zu dem Gemälde umgedreht, doch angesichts dessen *beredeten* Natur entschied er, dass dies eine sehr schlechte Idee wäre. Stattdessen drehte er sich zur Raummitte und trat einen Schritt von ihr zurück, um seinen Überschwang zu zügeln. »Warum sind Sie nach Blickton zu dieser Hausparty gekommen?« Plötzlich musste er ihre Absichten kennen und in Erfahrung bringen, ob sie zu seinen passten.

Sie antwortete nicht sofort und er blickte sie noch einmal an. Ihre Züge waren undurchdringlich und nicht mehr wie vor wenigen Augenblicken, als sie sich beinahe geküsst hatten.

»Hauptsächlich, um meine Freundin, Lady Cosford zu besuchen«, antwortete sie schließlich.

»Hauptsächlich?«, fragte er und er verabscheute den Gedanken, dass sie vielleicht enttäuscht sein könnte, weil er sie nicht geküsst hatte. Doch er versuchte, sich wie ein Gentleman zu benehmen, selbst wenn seine Gedanken, seit er ihre Bekanntschaft gemacht hatte, äußerst unehrenhaft waren.

»Warum sind Sie gekommen?«, fragte sie.

»Um vielleicht eine Partnerin zu finden. Um mich wieder zu verheiraten«, stellte er klar. Wie auch gestern Abend stellte er sich mit ihr etwas vollkommen anderes vor – eine kurzzeitige leidenschaftliche Affäre, die seine knisternde Anziehung befriedigen würde, die er zu ihr verspürte.

Er sollte weit weglaufen. Er konnte – und würde – sein Herz kein zweites Mal verlieren. Er war nicht einmal sicher, ob er noch eines hatte … ein romantisches jedenfalls. All seine Liebe gab er seinen Töchtern und genau so sollte es sein.

Sie lächelte ihn erst sanft an und dann immer strahlender, mit aufrichtiger Wärme. »Ja, um eine Mutter für Ihre Töchter zu finden, nehme ich an. Ich wünsche Ihnen viel

Glück bei der Suche. Bitte entschuldigen Sie mich. Ich denke, ich brauche eine Ruhepause.«

Als sie auf die Tür zuging, tat er einen Schritt, um sie aufzuhalten. Zu welchem Zweck? Er würde nicht davonlaufen müssen, wenn sie fortging. Das war nur zum Besten.

Als sie fort war, bemerkte er, dass er den Atem angehalten hatte. Mit einem leisen Zischen stieß er ihn aus. Dann fluchte er.

Mit einem letzten Blick auf das anzügliche Gemälde verließ er das Landschaftszimmer und machte sich auf den Weg nach oben in sein Zimmer. Auch er hatte eine Atempause nötig.

Oder ein kaltes Bad.

Oder sich selbst zu befriedigen.

Oder beides.

Roth lenkte seine Schritte durch sein Schlafgemach geradewegs zum Ankleidezimmer. Sein Kammerdiener Dyer polierte gerade Roths Stiefel und blickte auf.

»Mylord, stimmt etwas nicht?«

»Nein.« Roth begann seinen Frack abzulegen, aber Dyer stellte den Stiefel beiseite und sprang auf, um ihm behilflich zu sein. »Ich würde gerne ein Bad nehmen.«

»Natürlich.« Vorsichtig legte Dyer den Frack auf Roths Schrankkoffer.

Roth lockerte sein Halstuch. »Ich nehme ein Glas Brandy, während Sie das Bad vorbereiten.«

»Ich kenne diese gerunzelte Stirn«, meinte Dyer. »Was beunruhigt Euch?« Er nahm Roth die Krawatte ab und legte sie auf den Frack.

»Sie kennen mich zu gut.«

Dyer, der wahrscheinlich der eleganteste Mann war, den Roth je gekannt hatte, zog seine dunklen Augenbrauen in die Höhe. »Ich bin seit fast zwanzig Jahren Euer Kammerdiener. Das will ich hoffen.«

Er war auch sein geschätzter Vertrauter gewesen. Niemand hatte wirklich verstanden, wie tief Roth am Boden zerstört war, nachdem er erfahren hatte, dass seine Frau ihn nur wegen seines Titels geheiratet hatte, und die Liebe, die er für sie empfunden hatte, vollkommen einseitig gewesen war. Denn Roth hatte niemandem sonst die Wahrheit gebeichtet.

»Ich habe auf der Party eine Frau kennengelernt.«

»Ich glaube, das ist der Zweck dieser Party«, meinte Dyer ironisch. »Lasst Euch von mir Euren Brandy einschenken.« Er ging ins Schlafgemach, und Roth folgte ihm.

Als der Diener ihm das Glas reichte, trank Roth einen Schluck und genoss die Wärme des Branntweins, als die Flüssigkeit seine Kehle hinunterrann. »Diese Frau ist anders als alle, denen ich je begegnet bin.«

»*Alle* anderen?«

»Die ... Heftigkeit meiner Reaktion auf sie erinnert mich ein wenig an Pamela.«

In Dyers scharfsinnigem blauen Blick lag Verständnis und Sympathie. »Ich verstehe. Ich kann mir vorstellen, dass Euch das beunruhigt.«

»Es jagt mir verflucht noch mal Angst ein. Ich werde das nicht noch einmal aushalten.« Roth trank einen größeren Schluck Brandy und trat an den Kamin, in dem ein schwaches Feuer loderte.

»Es ist unwahrscheinlich, dass Ihr eine andere Frau wie Ihre Ladyschaft heiraten würdet.«

Roth warf einen Blick in Richtung des Kammerdieners. »Es ist aber dennoch möglich. Viele Leute heiraten, um sich oder ihre Familie mit dem Adel oder jemandem aus dem höheren Adelsstand zu vereinen.« Das hatte Pamelas Familie sich zum Ziel gesetzt – Pamela sollte als Enkelin eines Barons so weit wie möglich über ihren Stand hinaus heiraten.

»Ich kann mir nicht vorstellen, dass Ihr jemanden heiratet, der an etwas anderem als an einer tiefen, dauerhaften Liebe interessiert ist.«

Roth dachte, er hätte dies schon beim ersten Versuch getan. Pamela hatte ihm ihre Liebe gestanden und dass er ihr wahr gewordener Traum sei. Er hatte ihr jedes Wort geglaubt. »Ich würde es vorziehen, meine zweite Ehe mit den entsprechenden Erwartungen einzugehen.« Was so viel hieß wie: keine. Konnte er überhaupt Treue erwarten? Wenigstens war Pamela treu gewesen. Soweit er im Bilde war.

»Das ist überaus zynisch. Und es steht im Widerspruch zu Eurer Natur«, sagte Dyer leise.

»Ich muss in dieser Sache zynisch sein.« Roth wusste, wie kalt er klang, aber was konnte er schon tun? Schon einmal war er hinters Licht geführt worden, und das würde er nicht noch einmal zulassen. »Pamela hat mich während unserer gesamten Ehe belogen. Einzig ihre Schuldgefühle haben sie veranlasst, die Wahrheit zu gestehen, bevor sie starb. Und ich kann mir nicht einmal sicher sein, dass sie mir alles erzählt hat. Wer weiß, vielleicht hatte sie während unserer Ehe mit dem Mann weiter Kontakt gehalten, den sie liebte.«

»Ich wünschte, Ihr würdet Euch nicht so quälen. Ihr habt keine Beweise dafür, dass sie Euch jemals untreu gewesen war.«

Nein, das hatte er nicht, doch Roth hatte sich von ihr so unglaublich hintergangen gefühlt. Auch wenn sie ihr Gewissen erleichtert hatte, war es schwer zu glauben, dass sie ganz ehrlich gewesen war. Warum sollte er ihr trauen, nachdem er erfahren hatte, dass ihre gesamte Ehe eine einzige Lüge gewesen war?

Wenigstens konnte er sich über die Abstammung seiner Töchter sicher sein. Beide trugen körperliche Merkmale, die eindeutig auf Ludlow hindeuteten. Violets Nase und ihr Kinn stammten eindeutig von ihm, und Rosamunds Augen waren ein Spiegelbild seiner eigenen.

»Ich würde Euch davor warnen, Euch der Möglichkeit zu berauben, Euch in jemanden zu verlieben, der Eure Gefühle erwidert. Ich denke, *das* ist weitaus wahrscheinlicher als das Martyrium, das Ihr bereits durchlitten habt.«

Roth trank einen weiteren Schluck Brandy und schenkte Dyer ein schmales Lächeln. »Sie sind zu optimistisch für Ihr eigenes Wohl.«

»Optimismus hat mir stets gute Dienste geleistet, vor allem, als ich eine Stelle als Kammerdiener für einen siebzehnjährigen Jungen annahm, der stattdessen einen jungen Diener befördern wollte, weil dieser ihm Ratschläge gab, wie man einer Lady Vergnügen bereitete.«

Roth presste die Lippen zusammen. Es lag einige Zeit zurück, dass Dyer *dieses* Thema zur Sprache gebracht hatte. Als Roths Vater darauf bestanden hatte, Dyer einzustellen und nicht den jungen Diener, hatte Roth eine Woche lang geschmollt. »Das sind sehr nützliche Eigenschaften für einen Kammerdiener, insbesondere wenn er einem jungen Mann dient.«

»Sicherlich, aber ein Diener sollte auch wissen, wie das Haar frisiert und ein elegantes Ensemble zusammengestellt wird.«

»Ich werde nicht bestreiten, dass Sie die bessere Wahl waren.« Roth sah ihn mit einem leidgeprüften Blick an. »Worauf wollen Sie hinaus?«

»Wenn ich nicht so optimistisch wäre, hätte ich vielleicht das andere Angebot angenommen, das ich erhalten hatte – die Stellung als Kammerdiener des Herzogs von Evesham.«

Roth blinzelte. »Das haben Sie mir nie gesagt.«

Dyer zuckte mit den Schultern. »Trotzdem entspricht es der Wahrheit.«

»Warum haben Sie Evesham abgelehnt?« Roth schüttelte schmunzelnd den Kopf. »Wie konnte man ihn denn ablehnen? Ich würde mich fürchten, dass er mich ruinieren würde, wenn ich mich mit ihm anlege.«

»Ich hatte mich vergewissert, dass es einen weiteren Bewerber gab, der besser zu Seiner Gnaden passte. Jedenfalls habe ich meine Chance bei Euch ergriffen, und das habe ich nicht einen Moment lang bereut.« Er senkte die dunklen Brauen. »Wenn Ihr Euch jedoch weiterhin von der Möglichkeit einer romantischen Liebe abkapselt, könnte ich meine Meinung ändern.«

Roth wusste, dass der Mann es nur gut meinte, aber er ging mit seiner Einmischung zu weit. »Wie kommt es, dass ein noch nie verheirateter Mann sich anmaßt mir in dieser Sache Ratschläge zu erteilen?«

»Ich empfinde Bedauern«, antwortete Dyer leise und überraschte Roth damit. »Sie haben nur nichts mit Euch zu tun. Ich würde es verabscheuen, wenn Ihr in zwanzig Jahren zurückblickt und Euch wünscht, Ihr hättet eine andere Wahl getroffen.«

Roth stellte seinen Brandy auf dem Kaminsims ab und trat einen Schritt auf seinen Kammerdiener zu. »Ich hoffe, Sie haben mich nicht der Liebe vorgezogen.« Roth war nicht sicher, ob er das ertragen konnte.

»Nein, das habe ich nicht. Es war ... vorher geschehen. Und es hat keine Bedeutung mehr, außer dass es ein abschreckendes Beispiel für Euch sein sollte. Entschuldigt mich, ich muss mich um Euer Bad kümmern.«

Roth sah zu, wie der Mann, den er sehr bewunderte, sich in das Ankleidezimmer zurückzog. Von dort aus würde er den Korridor für die Dienstboten betreten und sich auf den Weg nach unten machen, um das Bad vorbereiten zu lassen.

Was – oder wen – hatte Dyer nicht gewählt? Hing ihm die Entscheidung noch immer nach, oder war sie eine ferne Erinnerung, die nur hin und wieder vage an seinem Herzen rührte?

Wie sehr sich Roth diesen Tag für seine Gefühle in Bezug auf Pamela herbeisehnte. Noch waren sie kein längst vergangener Kummer, an den er sich ohne ein Gefühl von Verlust oder Groll erinnern konnte. Eines Tages ...

Bis dahin konnte er sich Optimismus nicht leisten.

Dyer hatte ihm allerdings klargemacht, dass er nicht an seine niederen Bedürfnisse denken sollte. Er war kein Junge mehr auf der verzweifelten Suche nach romantischen und sexuellen Kontakten. Er war Earl und Vater.

Roth nahm sein Glas auf und kippte den Rest des Branntweins hinunter. Er brauchte eine Mutter für seine Töchter, keine Frau, die das Potenzial hatte, ihn Dinge fühlen zu lassen, die er besser nicht fühlen sollte.

~

Mit halbem Ohr lauschte Charlotte der Unterhaltung einiger Ladys im Salon. Sie konnte sich nicht verkneifen, die Tür im Auge zu behalten, um zu sehen, ob Roth kommen würde.

Seit ihrer Begegnung im Landschaftsraum am Nachmittag zuvor hatte sie kaum zwei Worte mit ihm gewechselt. Gestern Abend hatten sie sich vor dem Dinner einen »Guten Abend« gewünscht und sonst nichts. Cecilia hatte Charlotte neben Lord Audlington platziert. Der Gentleman hatte sich als charmanter und aufmerksamer Gesprächspartner erwiesen. Heimlich hatte sie Blicke in Roths Richtung geworfen, aber soweit sie es beurteilen konnte, hatte er sie im Gegenzug nicht ein einziges Mal angeschaut.

Es hatte den Anschein, als fühlte er sich in ihrer Gegenwart unwohl. Wahrscheinlich war sie ihm gestern als zu aufdringlich vorgekommen, als sie sich ihm praktisch an den Hals geworfen hatte, um seinen Kuss zu erwarten.

Sie war sich so sicher gewesen, dass er seine Lippen mit

ihren verbinden würde, und als er selbiges nicht tat, musste sie sich beherrschen, um sich nicht selbst zu einer Reaktion hinreißen zu lassen. Um nicht die Stirn zu runzeln, hatte sie ihre Lippen aufeinandergepresst. Dann hatte sie die Hände zu Fäusten geballt, um ihn nicht am Revers zu packen und zu küssen, bis es ihnen beiden die Sprache verschlug.

Mrs. Fitzwarren setzte sich auf den Platz rechts von Charlotte auf das Sofa. Sie war Witwe, aber das waren sie ja alle – oder in Charlottes Fall zumindest angeblich –, ein paar Jahre älter als sie und Mutter von vier Kindern. In ihren grauen Augen funkelte ein Hauch von Schalk, als sie sich ein wenig nach vorne lehnte. »Ich dachte, wir könnten uns darüber austauschen, warum wir alle hier sind.«

»Ich denke, das liegt auf der Hand«, entgegnete Mrs. Wynne-Hergest, eine Waliserin, lachend.

»Ist jemand an einer Wiederverheiratung interessiert?« Mrs. Fitzwarren schnitt eine Grimasse. »Ich gebe zu, dass es mir schwerfällt, nach fünf Jahren Unabhängigkeit und zehn Jahren Kinderkriegen darüber nachzudenken. Ich bin noch jung genug, um wieder schwanger zu werden, aber ich glaube nicht, dass ich das noch einmal ertragen möchte.«

Charlotte bemerkte mehrere andere Frauen, die zustimmend oder vielleicht mitfühlend nickten. Daran war leicht zu erkennen, welche von ihnen Mütter waren – Mrs. Fitzwarren, Mrs. Wynne-Hergest, Mrs. Grey und Lady Clinton. In ihrem Kreis von sechs Damen war nur Mrs. Sheldon wie Charlotte kinderlos. Sie tauschten einen kurzen, beredeten Blick aus, obwohl Charlotte nicht wissen konnte, wie Mrs. Sheldon sich darüber fühlte, keine Mutter zu sein. Für Charlotte war es ein Schmerz, an den sie sich gewöhnt hatte. Es war einfach etwas, das sie ertragen musste.

»Ich würde mehr Kinder haben«, meinte Mrs. Wynne-Hergest mit einem Lächeln. »Ich habe das Austragen genossen, und Babys sind so schön. Mutterschaft ist in vielerlei Hinsicht besser als die Ehe.«

Die anderen Mütter lachten daraufhin. Mrs. Grey nickte energisch. »Die Mutterschaft war meiner Erfahrung nach der einzige lohnende Teil der Ehe. Dem Herrn sei Dank für meine Kinder.« Ihre Züge schienen nun als sichtbarer Beweis ihrer Liebe zu leuchten.

Charlotte widerstand ihrem Drang, aufzuspringen und zu gehen. Zu diesem Teil des Gesprächs konnte sie einfach nichts beitragen, und den anderen zuzuhören, stimmte sie erstaunlicherweise traurig.

Lady Clinton blickte zu Mrs. Fitzwarren. »Also kommt eine Wiederverheiratung für Sie nicht in Frage?«

»Unter den richtigen Umständen könnte ich es in Betracht ziehen. Und bevor Sie fragen, welche das sind, muss ich gestehen, dass ich das nicht weiß«, entgegnete Mrs. Fitzwarren lachend und einige anderen der Ladys schlossen sich ihr an. Sie drehte den Kopf zu Charlotte. »Was ist mit Ihnen, Mrs. Dunthorpe? Würden Sie einen anderen Mann nehmen?«

Sie wäre froh, wenn sie überhaupt einen gehabt hätte, geschweige denn einen zweiten. Leider war sie dieser Gelegenheit beraubt worden, und sie hatte das Beste aus den Folgen gemacht.

Gerade als sie Mrs. Fitzwarren antworten wollte, betrat Roth den Salon mit Mrs. Makepeace, die wahrscheinlich die attraktivste Witwe unter ihnen war. Auf jeden Fall war sie die jüngste. Sie war gerade fünfundzwanzig, hatte dunkelblondes Haar und verführerische haselnussbraune Augen, ein melodisches Lachen und eine kurvenreiche Figur. Zudem war sie so modisch gekleidet, dass sie aussah, als käme sie gerade aus einem Londoner Ballsaal auf dem Höhepunkt der Saison.

»Ich könnte die Möglichkeit in Betracht ziehen.« Charlotte wollte die Worte wieder herunterschlucken. Das hatte sie nicht sagen wollen, denn natürlich konnte sie eine Heirat nicht in Betracht ziehen; nicht ohne ihre Vergangenheit offenzulegen, zu der auch die Beichte darüber gehörte, auf welche Weise es ihr gelungen war, all die Jahre als »Witwe« zu überleben. »Diese Information geben wir doch nicht an die Gentlemen weiter, oder?«, fügte sie fragend hinzu. »Ich bin nicht auf der Suche nach einem Ehemann und möchte keinen falschen Eindruck erwecken.«

»Das ist vollkommen verständlich«, entgegnete Mrs. Hatcliff-Lind mit einem grimmigen Nicken. »Das bleibt unter uns Ladys.«

Das wollte Charlotte gern glauben, aber sie wusste, wie leicht es war, eine Information entschlüpfen zu lassen. Zumindest war dies für andere leicht. Wenn es jemanden gab, der Geheimnisse besser bewahren konnte als sie selbst, dann hatte sie denjenigen noch nicht getroffen. Und das lag daran, dass sie sehr wichtige Geheimnisse zu hüten hatte.

Sie drehte sich nach links und sah Lady Clinton an, die in einem Sessel zwischen den beiden gegenüberliegenden Sofas saß.

»Vermutlich bin ich an der Reihe«, meinte Lady Clinton mit einem Schniefen. »Ich habe aus Liebe und der Absicherung geheiratet. Ersteres würde ich gerne wieder tun, aber an Letzterem habe ich kein Interesse. Leider erwarte ich nicht, dass die Liebe mir ein zweites Mal begegnet.«

Mrs. Fitzwarren sandte ein ermutigendes Lächeln in Lady Clintons Richtung. »Man kann nie wissen. Meine Schwester war auch mehr als einmal verliebt.«

Als Nächstes war Mrs. Sheldon dran, doch Charlotte hörte nicht, was sie sagte, weil sie Roth mit Mrs. Makepeace beobachtete. Die beiden standen in der Nähe der Fenster und unterhielten sich lächelnd. Es schien, dass ihm Mrs. Makepiece' Gesellschaft lieber war als Charlottes.

Charlotte unterdrückte ein Stirnrunzeln und lenkte ihre Aufmerksamkeit wieder dem Gespräch zu. Mrs. Wynne-Hergest ergriff das Wort. »Es scheint, dass die meisten von uns für eine vorübergehende Unterhaltung hier sind.« Sie formte die Lippen zu einem leichten Lächeln. »Hat das schon jemand gefunden?«

Lady Clintons Hand flatterte an ihre Brust. »Das würde *ich* nicht verraten.«

»Wir können uns das doch sicher untereinander anvertrauen«, wandte Mrs. Wynne-Hergest ein. »Können wir uns nicht alle darauf einigen, dass alles, was in Blickton geschieht, auch in Blickton bleibt?«

Einige der Ladys nickten. Charlotte saß stocksteif da.

Mrs. Wynne-Hergest warf die Hände in die Luft und stieß die Luft aus. »Gut. Wenn es etwas bedeutet, ich habe nichts mitzuteilen, aber das würde ich, wenn dem so wäre. In der Tat hoffe ich, bald eine ... Verbindung zu finden, und werde Sie auf dem Laufenden halten.« Sie wölbte die Brauen mit einem verruchten Grinsen, und Charlotte hätte beinahe applaudiert. Männer hatten keine Probleme damit, ihre Errungenschaften im Voraus ins Auge zu fassen und sich darüber zu äußern. Warum konnten Frauen nicht dasselbe tun?

In Charlottes Fall lag es daran, dass sie keine vorzuweisen hatte. Es gelang ihr nicht einmal, einen Kuss zu ergattern. Und sie hatte wirklich gedacht, das von ihr für Roth empfundene Verlangen beruhte auf Gegenseitigkeit.

Sie riskierte einen weiteren Blick in seine Richtung, und ihr Inneres krampfte sich zusammen. Der Gedanke an eine Liaison mit ihm war unglaublich verlockend gewesen und die Vorstellung an etwas darüber hinaus war doppelt berauschend. Irgendwie hatte sie zugelassen, dass sich dieser Gedanke in ihr festfraß, was dumm war, weil es einfach nicht sein konnte. Zum einen stand er gesellschaftlich weit über ihr. Der Hauptgrund war allerdings, dass sie ihm die Wahrheit keinesfalls sagen konnte.

Und das Schlimmste war, dass er vielleicht mit Lord Sleaford befreundet war, dem einzigen Mann, der ihren völligen Ruin herbeiführen konnte. Ein eisiger Schauder des Grauens kroch ihr über den Rücken. Es war ein Fehler gewesen, hierherzukommen. Wenn sie einen Funken Selbsterhaltungstrieb besäße, würde sie unverzüglich nach Birmingham zurückkehren.

Was hatte sie hier überhaupt hier verloren? Sie hätte Cecilia zu einer anderen Zeit besuchen sollen. Diese Menschen waren hier, um zu heiraten oder einen Partner zu finden, der ihnen mit ihrer Kinderschar helfen würde. Sie warf einen Blick zu Mrs. Sheldon und stellte fest, dass dies nicht ganz der Fall war. Fühlte sich Mrs. Sheldon auch als Außenseiterin in dieser Versammlung?

Cecilia trat in den Salon und verkündete: »Es ist Zeit für Blindekuh im Ballsaal.«

Alle erhoben sich, doch Charlotte tat dies langsam. Cecilia hatte sie aufgeklärt, dass diese Version des Blindekuh-Spiels mit Küssen verbunden sein würde. Charlotte hatte es bereits nicht gefallen, Roth mit Mrs. Makepeace zusammen zu sehen. Sie wollte nicht riskieren, den beiden auch noch beim Küssen zuschauen zu müssen.

Statt allen anderen zu folgen, strebte sie in Richtung Treppenhalle und von da letztlich in ihr Zimmer. Dort würde sie darüber nachdenken, wie sie Cecilia am besten erklärte, dass sie wieder nach Hause zurückkehren wollte.

KAPITEL 5

Die Nachmittagssonne brachte eine willkommene Helligkeit nach dem grauen Himmel der vergangenen beiden Tage. Die meisten Gäste der Hausparty hatten sich im Freien vor dem Salon versammelt, um einen Spaziergang zum Swift River zu unternehmen.

Als Roth sich umblickte, bemerkte er, dass sich einige Paare gebildet hatten. Da waren sein Freund Audlington und Mrs. Sheldon natürlich. Gestern während des Blindekuh-Spiels hatten sie sich beim Küssen zu einer amourösen Umarmung hinreißen lassen und waren anschließend verschwunden. Es hatte den Anschein, als würden Mrs. Fitzwarren und Sir Godwin ebenfalls eine Verbindung eingegangen sein, nachdem sie gestern Abend nach dem Dinner eng beieinandersitzend gesehen worden waren. Innerhalb weniger Augenblicke hatten sie den Salon nacheinander verlassen und heute wirkten sie noch intimer, als sie lächelnd und lachend beieinanderstanden und ihre Arme sich streiften. Roth konnte sich Mrs. Dunthorpe und sich selbst gut vorstellen, wie sie dasselbe taten.

Allerdings war sie nicht hier. Tatsächlich hatte er sie seit dem Nachmittag vor dem Blindekuh-Spiel nicht mehr gesehen. Ihre Abwesenheit bei dieser Aktivität war besonders merkwürdig, weil er sie gerade zuvor im Salon erblickt hatte. Alle dort Anwesenden hatten sich auf den Weg in den Ballsaal gemacht.

Außer Mrs. Dunthorpe.

Dann war sie auch nicht zum Dinner erschienen. Er hatte sich gestern Abend nicht bei Cosford nach ihr erkundigen wollen, und es war keine Ankündigung erfolgt. Vielleicht war ihr einfach nicht wohl gewesen. Roth befürchtete jedoch, dass sie abgereist war.

Er strebte auf die Stelle zu, wo Lady Cosford in der Nähe der Tür stand, die vom Salon ins Freie führte, um vielleicht auf jemanden zu warten, der noch nach draußen kommen könnte.

»Roth, freuen Sie sich auf den Spaziergang?«, fragte sie.

»Das tue ich, danke. Ich hatte gehofft, mit Mrs. Dunthorpe sprechen zu können, aber sie ist augenscheinlich abwesend. Ist sie zufällig bereits aus Blickton abgereist?«

Lady Cosfords Augen flackerten vor Überraschung. »Sie ist noch hier. Sie hat sich gestern nicht wohlgefühlt, aber ich hoffe, sie schließt sich uns heute an.« Ihre Stimme klang ganz und gar nicht sicher.

Und das war entmutigend.

Die Gastgeberin schenkte ihm ein fröhliches Lächeln. »Kommen Sie. Am Fluss warten wunderbare Erfrischungen und Ale.« Sie gesellte sich zu ihrem Mann, der sich an alle Anwesenden wandte.

»Sind wir alle bereit?«, fragte ihr Gastgeber. »Auf dem Weg machen wir am neuen Zierbau Halt. Er ist zwar noch nicht fertig, aber seine Errichtung ist schon in vollem Gange. Dann gehen wir zum Fluss weiter, wo wir uns erfrischen werden. Verlaufen Sie sich nicht!«

Lady Cosford ergriff seinen Arm, und sie führten den

Spaziergang zum Zierbau und dann zum Swift River an. Mit einem letzten Blick auf das Haus hätte Roth den Ausflug beinahe abgebrochen. Schließlich schloss er sich der Gruppe an und ging irgendwo in der Mitte des Trupps. Es hatte den Anschein, als seien alle außer ihm in Paaren unterwegs. Es fehlte jedoch auch eine Frau, da Mrs. Dunthorpe nicht mitgekommen war.

Sie hielten am Zierbau an, und Roth beschloss, dass er lieber allein zum Fluss weitergehen wollte. Zumindest tat es ihm gut, draußen zu sein. Seinen Töchtern, insbesondere Rosamund, hätte der Ausflug zum Fluss gefallen. Violet hätte den Zierbau wahrscheinlich interessant gefunden. Sie hätte ihn vielleicht als ein großes Puppenhaus betrachtet, oder zumindest als einen Ort, an dem sie ihre Fantasie spielen lassen konnte.

Der Weg verbreiterte sich zu einer Wiese in der Nähe des Swift Rivers. Tische und Stühle waren aufgestellt – ein Picknick mit Decken wäre bei dem Regen, der in den letzten Tagen gefallen war, eine Katastrophe gewesen – und ein Trio von Lakaien stand bereit.

Roth bemerkte, dass noch jemand anwesend war. Eine Frau in einem Musselin Ausgehkleid stand in der Nähe des Flussufers und ihre Gesichtszüge waren von ihrer Haube verdeckt. Da sie allerdings kein Dienstmädchen war, musste Roth annehmen, dass es sich bei ihr um Mrs. Dunthorpe handelte. Das hoffte er jedenfalls.

Mit langen Schritten verringerte er den Abstand zwischen ihnen, bis er bei ihr war. Sie drehte den Kopf, als er neben ihr auftauchte.

»Lord Rotherham«, begrüßte sie ihn mit einem Anflug von Überraschung. Sie blickte an ihm vorbei. »Sind Sie allein gekommen? Ich dachte, alle würden zum Fluss spazieren.«

Er bemerkte, dass sie ihn Lord Rotherham und nicht Roth nannte. Seit ihrer Begegnung im Landschaftszimmer hatte sich die Stimmung zwischen ihnen nicht nur abgekühlt, sondern sie war eisig geworden. Doch wessen Schuld war das? In der Nacht nach ihrer elektrisierenden Begegnung vor dem anrüchigen Gemälde hatte er nicht mit ihr gesprochen, und gestern war sie meist abwesend gewesen. »Die anderen sind nicht weit hinter mir. Sie haben beim Zierbau Halt gemacht.«

»Das hat Sie nicht interessiert?«, fragte sie.

»Nicht besonders. Sie sind vor allen anderen gekommen«, bemerkte er. »Ich gehe davon aus, dass Sie nicht am Spaziergang interessiert waren?«

Sie lächelte schuldbewusst. »Ich bin früh draußen gewesen und war so begeistert von dem schönen Wetter, dass ich es nicht abwarten konnte.«

»Es geht Ihnen also gut? Lady Cosford sagte, Sie fühlten sich nicht wohl.«

»Heute geht es mir gut, danke.«

»Gestern sind Sie vermisst worden«, meinte er mit Blick auf den Fluss. Er wollte ihre Reaktion nicht sehen, falls ihr nicht behagte, was er über ihre Abwesenheit dachte.

»Es ist nett, das zu hören«, antwortete sie leise. Sie schwiegen einen Moment. Er blickte sie aus den Augenwinkeln an und erkannte, dass auch sie den Blick auf das Wasser unter ihnen konzentrierte.

Schließlich drehte sie sich leicht zu ihm um. »Es scheint, als würden wir uns seit der Begebenheit neulich aus dem Weg gehen. Ich gebe zu, dass ich gestern nicht krank war. Ich brauchte nur eine Pause von der Party.«

Ihre kühne Ehrlichkeit schockierte und erregte ihn zugleich. Es wäre viel einfacher gewesen, so weiterzumachen wie bisher und so zu tun, als ob sie keine innige Verbindung gespürt hätten. Er glaubte wirklich nicht, dass dies einseitig war, aber er hatte ihnen beiden auch die Möglichkeit versagt, Gewissheit darüber zu erlangen.

Als er sodann ihren Blick erwiderte, wollte er auf ihre Offenheit mit seiner eigenen antworten. »Dann sollte ich Ihnen gestehen, dass ich Ihnen nach dem Landschaftszimmer aus dem Weg gegangen bin.«

Bevor er mehr sagen konnte, sagte sie: »Das war mein Eindruck. Wie auch immer, es ist wahrscheinlich das Beste.« Sie lächelte, aber er spürte einen Hauch von Traurigkeit oder Bedauern. »Sie suchen eine neue Frau, und ich gedenke nicht, wieder zu heiraten. Ich habe Sie gestern mit Mrs. Makepeace gesehen. Sie scheint eine gute Partie zu sein. Ich bin in der Tat überrascht, dass Sie sie heute nicht begleiten.«

Roth stieß die Luft aus, nachdem er offenbar den Atem angehalten hatte. Er war wohl ein wenig überrascht zu hören, dass sie nicht wieder heiraten wollte. Und dass sie ihn mit einem anderen weiblichen Gast verkuppeln wollte. »Ich hatte befürchtet, dass ich zu ... stark für Sie empfinde«, gab er zu und gab damit preis, was er ihr nach seinem Geständnis, ihr aus dem Weg gegangen zu sein, hatte sagen wollen.

Ihre schmalen kastanienbraunen Augenbrauen hoben sich. »Stark?«

»Am ersten Tag der Party habe ich sofort eine Verbindung zu Ihnen verspürt. Ich dachte, Sie hätten es vielleicht auch gefühlt.«

»Das habe ich«, entgegnete sie leise.

Verdammt. Er hatte es vermutet, aber es aus ihrem Mund zu hören, veranlasste ihn, alle Zweifel in den Wind schlagen zu wollen und sie in die Arme zu ziehen. Das konnte er allerdings nicht. »Ich hatte mir Sorgen gemacht, dass ich vielleicht von unserer gegenseitigen Anziehung fortgerissen würde, anstatt mich auf das zu konzentrieren, was ich tun muss – eine Mutter für meine Töchter zu finden.« Er senkte den Blick und dann stieß er einen Kieselstein in den Fluss. »Ich hätte Ihnen allerdings nicht aus dem Weg gehen sollen.«

Er hob den Blick wieder zu ihr. »Bitte akzeptieren Sie meine Entschuldigung.«

»Sie müssen sich nicht entschuldigen. Ich kann nicht widersprechen, dass das, was zwischen uns übergesprungen ist, eher heftiger Natur war. So haben Sie gesagt, nicht wahr?«

Unfähig, ein Lächeln zu unterdrücken, nickte er. »Ja, und da ich auf der Suche nach einer Frau bin und Sie nicht nach einem Ehemann Ausschau halten, haben Sie recht, dass wir am besten getrennte Wege gehen sollten. Zumindest im romantischen Sinne«, fügte er hinzu. Abgesehen von der körperlichen Anziehung, die er für sie verspürte, mochte Roth sie auch. »Ich hoffe, dass wir Freunde sein können.«

»Das würde mir gefallen. Obwohl, wenn ich ehrlich sein soll, wünschte ich, wir hätten uns neulich geküsst. Nur einmal.« Sie schenkte ihm ein kurzes Lächeln, ehe sie sich wieder zum Fluss umwandte.

Himmel. Jetzt hatte sie es getan. Sie hatte in Worte gefasst, was zuzugeben er selbst sich nicht getraut hatte, dass er, wenn er die Chance hätte und die Zeit zurückdrehen würde, bis er wieder im Landschaftsraum vor zwei Tagen wäre, um sie zu küssen bis sie beide nicht mehr geradeaus sehen konnten.

»Das bedauere ich auch«, flüsterte er. und fragte sich, ob sie ihn hören konnte.

Sie sah ihn aus schmalen Augen an, was bestätigte, dass seine Worte nicht vom Wind davongetragen worden waren.

Stimmen wurden von dieser Brise zu ihnen getragen, als die anderen allmählich ankamen. Die Diener gingen herum, um Erfrischungen zu reichen, die von Kuchen und Keksen bis zu Ratafia und Ale reichten.

Plötzlich war Roth frustriert, als das Bedauern an ihm zerrte.

»Sollen wir uns ein Ale holen?«, schlug Charlotte vor.

»Ich habe erfahren, dass es sich um eine besondere Sorte handelt, die Lord Cosford eigens für diese Gelegenheit von seinem Brauer angefordert hat.«

»Ausgezeichnet«, meinte Roth mit einem gezwungenen Lächeln und klang, als wäre er von innen nach außen gekehrt worden.

Sie gesellten sich zu den anderen und probierten das Ale. Es war sehr gut und Roth trank seinen Humpen in kürzester Zeit leer. Nachdem der Diener das Gefäß erneut gefüllt hatte, trat Roth beiseite, um in seiner Bitterkeit zu schmoren. Nun, da er die ungeschminkte Wahrheit kannte – dass Mrs. Dunthorpe und er nicht nur ihre gegenseitige Leidenschaft teilten, sondern sie auch beide bedauerten, ihr nicht nachgegeben zu haben –, war er hin- und hergerissen. Leider konnte er die Zeit nicht zurückdrehen. Aber wie sollte er weitermachen, wenn dieses Wissen an ihm nagte?

Dyers Rat fiel ihm wieder ein. Roth wollte nicht mit diesem Bedauern leben.

Er trank einen kleinen Schluck von seinem zweiten Humpen Ale und sein Blick wich kaum von Mrs. Dunthorpe. Wahrscheinlich würde irgendjemand seine ungeteilte Konzentration auf sie bemerken, doch das war ihm einerlei. Er wartete auf etwas …

Und da war es.

Sie hatte sich vom Fluss weg zur gegenüberliegenden Richtung des Weges begeben. Wohin wollte sie?

Roth schritt auf sie zu und erkannte, dass sich vor ihr eine kleine Lücke in den Büschen auftat. Sie hatte den Blick auf den Boden fixiert.

»Haben Sie etwas gesehen?«, fragte er.

»Ein Kaninchen.«

»Vielleicht sollten wir es suchen«, schlug er vor, und sein Herz schlug ihm bis zum Hals, als er atemlos auf ihre Antwort wartete.

Sie erwiderte seinen Blick mit einem lodernden Starren. »Ich denke, das müssen wir.«

Er ergriff ihre Hand und führte sie durch das Gebüsch. Ein paar Meter weiter zog er sie hinter einen Baum. Er kippte das Ale aus und ließ den Humpen fallen, als er seinen Arm um ihre Taille schlang.

»Wenn Sie das Kaninchen wirklich finden wollen, dann sagen Sie es mir jetzt«, forderte er sie mit rauer Stimme auf.

»Es gibt kein Kaninchen.«

»Verführerin«, murmelte er, bevor er sie an sich zog und ihren Mund mit einem feurigen Kuss eroberte.

Sie schlang die Arme um seinen Hals und schmiegte ihren Körper an seinen. Er drückte sie gegen den Baum und umklammerte sie, sodass ihre Hüften sich aneinander rieben.

Ihre Zungen trafen sich, und ihre Leidenschaft schwoll zu sengender Lust an. Er nahm nichts mehr wahr, außer dem herrlichen Gefühl, sie in seinen Armen zu halten, der Wärme ihres Mundes und dem Klang ihres leisen Stöhnens und Wimmerns, während sie sich küssten.

Er sehnte sich danach, ihr die Haube abzunehmen, mit den Fingern durch ihr Haar zu fahren und sie gründlich zu zerzausen. Sie zu verwüsten. Dies war ein Moment, den sie beide niemals vergessen würden.

Solange er lebte, glaubte er nicht, dazu imstande zu sein. Sie rief eine Reaktion in ihm hervor, die er noch nie erlebt hatte, ein Urbedürfnis, sie zu vereinnahmen, sie vollständig zu beherrschen - und von ihr vereinnahmt und beherrscht zu werden.

Keuchend ließen sie voneinander ab.

Sie ließ ihre Hände an der Vorderseite seines Fracks hinuntergleiten. »Haben wir das also erledigt?« Sie klang, als sei sie vom Haus zum Fluss gerannt.

Er wollte mit nein antworten. Er wollte ihr sagen, dass er nicht sicher war, ob sie das jemals »erledigen« konnten. Er wollte ihr versichern, dass er nie aufhören würde, sie zu begehren, und er sich für alle Ewigkeit vorstellen würde, wie anders die Dinge hätten sein können.

Aber sie wollte nicht heiraten. Und er musste.

»Ja, das würde ich sagen.« Die Lüge brannte wie Säure in seinem Mund.

»Danke«, erwiderte sie mit funkelnden Augen. »Ich werde diese Erinnerung in Ehren halten – für immer.«

Sie schlüpfte an ihm vorbei und kehrte durch das Gebüsch zurück.

Er blickte ihr nach und dachte bei sich, dass ihre Umarmung die Sache nicht besser gemacht hatte. Sie waren sich einig, dass der Kuss ihr Leben verändert hatte, und nun sehnte er sich nur noch mehr nach ihr.

War es ihm lediglich gelungen, das Ausmaß seines Bedauerns noch zu vergrößern? Eines war sicher: Er begehrte sie jetzt noch mehr als zuvor.

Zwei Dinge waren sicher. Noch immer wollte er nicht mit Bedauern leben.

~

Die Begegnung mit Roth beim Fluss hatte Charlottes letzte Gedanken an eine Abreise endgültig zu Grabe getragen. Dann war sie zum Dinner nach unten gegangen und hatte festgestellt, dass Cecilia Roth und sie zusammengesetzt hatte, worauf sich ein durch und durch wunderbarer Abend entfaltete.

Und der war noch nicht zu Ende.

Als die Ladys sich nach dem Dinner in den Salon begaben, wartete Charlotte, bis die anderen auf den Sesseln und Sofas Platz genommen hatten, ehe sie sich rasch an Cecilia wandte, bevor diese sich setzen konnte.

»Könnte ich dich einen Augenblick sprechen?«, bat Charlotte.

»Gewiss.« Cecilia begab sich mit ihr zu einer Seite des Raumes, wo sie weit genug von den anderen entfernt waren. »Ist etwas nicht in Ordnung?«

»Ich habe mich gefragt, ob es einen Grund gibt, warum du mich heute Abend neben Lord Rotherham gesetzt hast.«

Das Funkeln in Cecilias Augen und ihr schneller Blick nach rechts verrieten sie. »Du hattest noch nicht neben ihm gesessen.«

»Versuch es noch einmal«, meinte Charlotte lachend.

Cecilia blickte sie erwartungsvoll an. »Mir ist aufgefallen, dass ihr beide am Fluss für kurze Zeit verschwunden wart. Und ich weiß, dass Roth vor dem Rest von uns am Flussufer angekommen ist, wohingegen du bereits dort warst. So hattet ihr beide eine schöne Weile Zeit, um allein zu sein.«

»Mit jemandem allein zu sein – im Beisein von drei Dienern – ist ein Anlass, uns nebeneinander zu setzen?«

»Deine Befragung bestätigt meinen Verdacht nur.« Cecilia lächelte strahlend. »Ich werde dich nicht nach Einzelheiten fragen … noch nicht. Ich freue mich nur von ganzem Herzen über die Aussicht, dass du und er eure beiderseitige Gesellschaft genießt. Wenn auch nur vorübergehend.«

»Ich bin froh, dass du mich zum Bleiben überredet hast«, entgegnete Charlotte. Nach dem von ihr versäumten Blindekuh-Spiel hatte sie Cecilia eine Nachricht zukommen lassen, in der sie ihren Wunsch kundgetan hatte, nach Birmingham zurückkehren zu wollen. Das hatte Cecilia dazu veranlasst, sie aufzusuchen und sich zu erkundigen, warum sie denn schon abreisen wollte.

Charlotte hatte sich bemüht, keine Einzelheiten zu nennen, da sie Cecilia nichts von den Begebenheiten mit Roth im Landschaftszimmer berichten wollte. Stattdessen hatte sie sich darauf beschränkt, ihrer Freundin mitzuteilen, dass die Party nicht ihren Erwartungen entsprach.

Von dem direkten Hinweis abgesehen, dass Charlottes Abreise zu einem Ungleichgewicht der Geschlechter führen würde, hatte Cecilia sie davon überzeugt, dass die Party und ihre Aktivitäten unterhaltsam waren. Sie hatte sich nicht geirrt. Charlotte *hatte* sich gut amüsiert – meistens jedenfalls. Ihre Zweifel und Sorgen waren nur aufgekommen, nachdem Roth ihr nach ihrer Begegnung im Landschaftszimmer aus dem Weg gegangen war.

Und dann gab es da noch die aufwühlende Unterhaltung mit den Ladys im Salon am Vortag. Deren Diskussion über die Mutterschaft hatte eine Traurigkeit in ihr ausgelöst, die Charlotte zu der Frage gedrängt hatte, warum sie überhaupt hier war. Und diese Frage ging über diese Party hinaus, obwohl sie sich schon lange nicht mehr wie eine Hochstaplerin gefühlt hatte. Wahrscheinlich war sie Teil dieser Gruppe, weil sie diese Menschen nicht kannte, was sie wiederrum daran erinnerte, dass sie möglicherweise niemals in der Lage sein wird, ganz sie selbst zu sein.

Cecilia berührte sie am Arm. »Ich freue mich so, dass du dich zum Bleiben entschieden hast.«

»Aber bitte mische dich nicht ein«, bat Charlotte leise. »Ich weiß, dass deine Familie für ihr Engagement auf dem Gebiet der Heiratsvermittlung bekannt ist, aber bitte habe nicht das Gefühl, du müsstest mich ebenfalls verkuppeln.«

»Ich dachte, du würdest vielleicht doch eine Wiederverheiratung in Betracht ziehen.« Cecilia zog die Augenbrauen zusammen. »Hast du das nicht gestern gesagt?«

Da Cecilia nicht im Salon gewesen war, als Charlotte sich falsch ausgedrückt hatte, musste jemand anderes ihr das gesagt haben. Hatten sie in der Frauengruppe nicht besprochen, keine Informationen auszutauschen? Oder galt das nur gegenüber den Gentlemen? Wie dem auch sei, hatte Charlotte sich dieses Chaos selbst zuschreiben, indem sie ihre Zunge nicht gehütet hatte.

»Das hatte ich nicht sagen wollen«, brummte Charlotte. »Aber bitte spiele jetzt nicht die Heiratsvermittlerin für mich. Ich möchte nicht noch einmal heiraten.« *Das konnte sie nicht.*

»Ich wollte dich nicht beunruhigen«, lenkte Cecilia besorgt ein. »Ich werde deine Wünsche selbstverständlich respektieren. Und ich werde auch nicht den Vorschlag machen, dass ihr, Roth und du, euch für den Tanzwettbewerb zusammentun solltet, den ich in Kürze ankündigen werde.«

Charlotte verengte ihre Augen ein wenig. »Was für eine Art von Wettbewerb?«

»Wir werden uns in den Ballsaal begeben, wo mehr Platz ist, und eine Langform einnehmen. Ich dachte, die Paare könnten dann ihre besten Schritte vorführen. Es wird recht frei und ungezwungen sein.« Cecilia zeigte ein leichtes Stirnrunzeln. »Klingt das so schrecklich?«

»Ganz im Gegenteil. Das klingt geradezu inspirierend.« Charlotte wollte unbedingt mit Roth tanzen, und sie würden ihren Landscape Twirl vorführen. »Gibt es einen Preis für den besten Tanz?«

Cecilia legte den Kopf schief. »Daran habe ich gar nicht gedacht.«

»Wie kann man einen Wettbewerb veranstalten, wenn es keinen Preis gibt?«

»Das ist ein gutes Argument. Letztes Jahr haben wir auf der Party nach verschiedenen Objekten auf einer Liste gesucht, und die Gewinner durften die Sitzordnung für das Dinner am nächsten Abend bestimmen.«

Charlotte lachte. »Das ist aber kein großartiger Preis.«

»Nein, es war eine übereilte Entscheidung, denn auch damals hatte ich vergessen, mir einen Preis für die Gewinner zu überlegen«, entgegnete Cecilia mit einem selbstironischen Lächeln. »Was empfiehlst du?«

»Das Ale heute Nachmittag war sehr gut. Vielleicht könntet Ihr dem Gewinner ein Fass schenken?«

»Das ist brillant. Ich muss nur Cosford überzeugen, sich von einem zu trennen.« Sie zwinkerte Charlotte zu. »Oh, es sieht so aus, als ob die Gentlemen schon mit ihrem Portwein fertig sind.«

Charlotte ließ den Blick zur Tür schnellen, als die Männer eintraten. Roth schlenderte über die Schwelle und zunächst sah es so aus, als wollte er direkt auf Charlotte zugehen. Dann schien er zu bemerken, dass Cecilia neben ihr stand, und er wich in eine andere Richtung aus.

Charlotte warf einen Blick auf ihre Freundin, die sich ein Lächeln zu verkneifen schien. Ihre Lippen verschwanden praktisch, als sie sie zusammenpresste.

Als Cecilias Mann eintrat, entschuldigte sie sich, um ihm Gesellschaft zu leisten. Noch bevor Charlotte den Blick in Roths Richtung lenken konnte, kam er schon auf sie zu.

Charlottes Herz vollführte einen Sprung. Diese ... Anziehung zwischen ihnen war mit nichts zu vergleichen, was sie je erlebt hatte. Ihr Kuss war überragend gewesen, und obwohl sie beide es gesagt hatten, war sie nicht sicher, ob sie auch nur einen Moment lang geglaubt hatte, er würde das Ende ihrer Beziehung bilden.

Zumal sie gelogen hatte.

Dieser Kuss hatte rein gar nichts »erledigt«. Er hatte nur dazu gedient, ein noch größeres Verlangen zu schüren, und sie hoffte nur, sie beide würden eine Chance haben, dem nachzugehen, ehe die Party zu Ende ging.

Falls nicht, nun, dann hätte sie auch nichts verloren.

»Es wird einen Tanzwettbewerb geben«, bemerkte Charlotte ohne Vorrede, als er bei ihr ankam. »Im Ballsaal. Ich denke, wir sollten den Landscape Twirl tanzen.«

Er lachte. »Meinen Sie? Nun, ich möchte Sie nicht enttäuschen.«

Daraufhin kündigten Cecilia und ihr Mann den Wettbewerb an und erklärten den Ablauf, und einen Moment später waren alle auf dem Weg zum Ballsaal. Vielleicht nicht alle. Es schien, als hätten sich ein paar Gäste – oder besser ausgedrückt, Paare – davongestohlen.

Roth streckte ihr seinen Arm hin, und Charlotte schlang ihre Hand bereitwillig um seinen Ärmel. Als alle im Ballsaal angekommen waren wies Cecilia sie an, sich in eine lange Reihe zu stellen.

»Oh, gut, wir haben noch immer eine paarige Anzahl«, freute Cecilia sich mit einem breiten Lächeln. »Und es sieht so aus, als würden Lord Rotherham und Mrs. Dunthorpe uns anführen.« Sie wandte sich an Mrs. Goodlands, die bereits am Pianoforte saß.

»Wo ist sie denn hergekommen?«, fragte Roth in leisem Ton.

Charlotte lachte leise, ebenso wie das Paar – Sir Nathaniel und Mrs. Grey – neben ihnen. »Vielleicht gibt es eine Geheimtür.«

Seine Heiterkeit ließ Roths Augen tanzen. »Wie bezaubernd das wäre.«

»Um das klarzustellen, es gibt keine Regeln oder Anforderungen«, verkündete Cosford. »Sie können vorführen, was immer Sie für siegreich halten. Und der Preis ist sicher sehr begehrt, denn es handelt sich um ein Fässchen Bier des heutigen Treffens am Fluss.«

Dies stieß unter den Gästen, insbesondere unter den Männern auf allgemeine Zustimmung.

»Hoffentlich meinten Sie zwei Fässchen«, warf Mrs. Wynne-Hergest ein. »Ich werde das meine nicht mit meinem Partner teilen.«

Alle lachten, und Cosford neigte den Kopf. »Ein Fass für

jeden«, berichtigte er. »Und nun der Tanz!« Er sah zu Charlotte und Roth.

»Bereit?«, fragte Roth.

»Das muss ich vermutlich sein. Meine Güte, hoffentlich harmoniert unser Tanz zu der Melodie, die Mrs. Goodlands spielen wird.«

Roth schenkte ihr ein zuversichtliches Lächeln, das ihr Blut in Wallung brachte. »Wir werden es schon schaffen.«

Die Musik setzte ein, und Roth trat in die Mitte des Abstands zwischen ihnen vor. Als Charlotte ihm entgegeneilte, rief er: »The Landscape Twirl!«

Er umfasste ihre Taille, und Charlotte legte die Hände auf seine Schultern. Dann drehten sie sich in sanften Kreisen, während die anderen redeten und lachten.

Charlotte hörte:

»Was zum Teufel ist der Landscape Twirl?«

»So etwas habe ich noch nie gesehen.«

»Das haben sie sich ausgedacht!«

»Was für eine skandalöse Art zu tanzen! Es gefällt mir!«

Charlotte war sich zwar nicht ganz sicher, wer was sagte, doch dass der letzte Satz von Mrs. Wynne-Hergest, wusste sie mit ziemlicher Gewissheit.

»Natürlich haben wir uns das ausgedacht«, antwortete Roth auf einen der Kommentare.

»Sie hätten sagen sollen, wir hätten es uns spontan ausgedacht«, flüsterte Charlotte. »Sonst denken die noch, wir stecken unter einer Decke.«

»*Unter einer Decke stecken* klingt so wunderbar, nicht wahr?«

Ihrer Ansicht nach klang alles, was mit ihm zu tun hatte, mehr als wunderbar, und sie erwiderte seinen Blick aus den grünen Augen. Als sie sich dem Ende der Reihe näherten, war ihr ein wenig schwindlig geworden.

»Wie wäre es, wenn wir, anstatt uns zurückzudrehen,

einfach ein paar schwungvolle Schritte machen? Wenn wir das nicht tun, müssen wir diesen Griff anwenden, bei dem Sie mich ganz festhalten, damit mir nicht noch schwindliger wird.«

»So ein verlockendes Angebot kann ich, fürchte ich, nicht ablehnen.« Er zog sie näher zu sich heran und führte sie, anstatt sie zu drehen, mit einer Reihe von Schritten zurück, die an sein Menuett erinnerten und denen sie folgen konnte. »Besser?«

»Ja. Bis Sie mich loslassen müssen.» Ihre Blicke trafen sich, und ohne Worte sagte er ihr, dass er das nicht wollte.

Doch er tat es trotzdem. Sie schauten den anderen Tänzern zu, die ihr Bestes gaben, um den Landscape Twirl zu übertreffen. Die Tänze wurden immer aufwändiger und sogar alberner, und am Ende weinten alle vor lauter Lachen.

Lady Bradford ging auf Charlotte zu und stellte sich zwischen sie und Roth. »Ihr Tanz mit Lord Rotherham war inspirierend. Wie sind Sie nur auf diese Idee gekommen?«

Mrs. Wynne-Hergest trat zu ihnen. »Ich denke, die interessantere Frage besteht darin, ob Mrs. Dunthorpe und Lord Rotherham privat geübt haben.« Sie wackelte andeutungsweise mit den Brauen und lächelte.

»Er basiert ein wenig auf dem Menuett und einem anderen Tanz aus Österreich.« Charlotte blickte zu Roth, doch auch er war inzwischen von einigen Gentlemen belagert.

»Es wird Zeit für die Abstimmung!», verkündete Cecilia.

»Müssen wir das?«, fragte Mrs. Wynne-Hergest. »Sie waren alle brillant.«

»Wer soll denn das Ale bekommen, wenn wir nicht abstimmen?«, fragte Sir Godwin.

»Wir können die Namen vermutlich auch auslosen«, schlug Cecilia vor. »Würde das genügen?«

Ihrem Vorschlag wurde zustimmend beigepflichtet,

während einige Diener mit einem Tablett mit Wein und anderen Spirituosen zwischen den Gästen umherliefen. Charlotte beobachtete, wie die Männer um Roth herum die Getränke vom Tablett nahmen. Roth zauderte, doch dann griff er nach einem Glas Portwein.

Würde er sich entschuldigen und zu ihr zurückkehren? Und was dann? Würden sie sich nach oben stehlen und sich der Versuchung hingeben?

Trotz der spannungsgeladenen Natur ihres Tanzes hatte keiner von ihnen beiden die Regeln seit jenem Nachmittag geändert, als sie entschieden hatten, dass sie bereit waren, ihre Anziehung als erledigt zu betrachten.

Es schien, als würde die Versuchung nicht von selbst verschwinden, und so lag es an ihnen, ihr zu widerstehen.

Charlotte zwang sich, kehrtzumachen und den Ballsaal zu verlassen. Wenn ihr von dieser Party nichts anderes blieb, als die Erinnerungen, die sie bereits mit Roth angesammelt hatte, dann würde das genügen.

Das musste es.

KAPITEL 6

Am nächsten Nachmittag war Roth auf dem Weg zum Whist-Turnier in den Kartenraum und hoffte, Mrs. Dunthorpe-Charlotte zu sehen. Er weigerte sich einfach, so förmlich an sie zu denken. Nicht nach ihrer Umarmung am Fluss und nicht nach den heißen Träumen von ihr, die ihn vergangene Nacht heimgesucht hatten.

Es war vollkommen frustrierend gewesen, wie sie nach dem Tanz getrennt worden waren. Und doch wäre es aufgefallen, hätte er sich bei den anderen Männern entschuldigt, um zu ihr zurückzukehren. Als Allerletztes wollte – oder brauchte – er irgendwelche Vermutungen von den anderen Gästen, insbesondere der Gentlemen, die sie über seine ... Verbindung zu Charlotte anstellten.

Insbesondere deshalb, weil sie sich am Fluss darauf geeinigt hatten, dass ihre

Anziehung mit ihrem Kuss erledigt war.

Jetzt wollte er allerdings unbedingt von dieser Vereinbarung zurücktreten.

Gestern Abend war ihm bei ihrem Tanz das Gefühl gekommen, dass sie genauso empfinden könnte. Das hätte er sie gefragt, hätte er die Chance gehabt. Stattdessen hatte er den einfachen Weg gewählt - einen Weg, der vielleicht noch mit Bedauern gesäumt sein würde.

»Guten Tag, Roth«, begrüßte Cosford ihn, als er den Kartenraum betrat. »Hervorragender Ritt heute Morgen, nicht wahr?«

»In der Tat.« Einige der Gentlemen hatten einen langen Ritt unternommen, was Roth daran gehindert hatte, Charlotte zu sehen. Deshalb spekulierte er darauf, dass sie hier sein würde.

Und was wirst du mit ihr machen?

Die nagende Stimme in seinem Hinterkopf hatte ihm diese Frage den ganzen Tag in allen erdenklichen Variationen gestellt. Er wusste, was er tun wollte: sie auf seine Arme nehmen und mit ihr nach oben gehen, wo er sie vernaschen würde und hoffentlich auch selbst vernascht werden würde.

Er brauchte lediglich ein deutliches Zeichen von ihr, dass sie bereit war. Wenn sie nicht heiraten wollte, würde sie sich dann stattdessen vielleicht eine kurze, außergewöhnlich heiße Affäre wünschen?

Roth sah sich im Raum um und schätzte, dass etwa die Hälfte der Gäste anwesend war. Ein Blick auf die Uhr auf dem Kaminsims verriet ihm, dass das Turnier in einer Viertelstunde beginnen sollte. Es war also noch Zeit für ihr Erscheinen. Er hoffte nur, dass sie nicht gerade dann eintraf, wenn sie sich zum Spielen hinsetzten.

»Ich erinnere mich, dass du recht gut Whist spielst«, meinte Cosford und riss Roth aus seinen Gedanken.

»Ich habe schon lange nicht mehr an einem Turnier teilgenommen, aber ich habe Freude an diesem Spiel.« Es erforderte jede Menge Strategie, und das Auswendiglernen der Karten war der Schlüssel. Roth konnte sich in einem guten Spiel vollkommen verlieren. Falls Charlotte nicht käme, gedachte er, genau das tun. Die Ablenkung wäre ihm sehr willkommen. Verdammt, sie wäre ohnehin willkommen. Es war ja nicht so, dass Charlottes Ankunft sein unerwidertes Verlangen unverzüglich lindern würde.

Er war sich nicht sicher, ob es unerwidert war. Das *war* es jedenfalls nicht gewesen, und er konnte nicht glauben, dass sich die Sache für sie vollständig erledigt hatte - nicht nach dem, wie sie gestern Abend getanzt hatten.

Roths Blick wanderte zur Tür zurück, wie schon unzählige Male in den letzten Minuten. Sein Herz machte einen Satz. Da war sie also.

Charlotte schritt in den Kartenraum und der Rock ihres gestreiften Musselinkleides schwang mit ihren Bewegungen. Ihr atemberaubendes kastanienbraunes Haar war schlicht frisiert und mit einem hellgelben Band versehen. Locken umrahmten ihr Gesicht, in dem eine gewisse Regung aufflammte, als ihr Blick den seinen traf.

Unfähig, den Blick abzuwenden, murmelte Roth etwas zu seinem Gastgeber, ehe er sich in ihre Richtung bewegte, ohne sich darum zu scheren, was irgendjemand von seinen Handlungen oder seiner Aufmerksamkeit ihr gegenüber dachte. Roth labte sich an ihrem Anblick wie an einem vollmundigen, köstlichen Portwein.

Auf halbem Weg kam sie ihm entgegen und schritt weiter in den Raum hinein. »Guten Tag.«

»Ich war nicht sicher, ob Sie kommen würden«, entgegnete er lächelnd. »Ich freue mich allerdings, dass Sie gekommen sind.«

»Ich spiele gern Whist.«

Er begleitete sie zu einer Seite des Raumes, zum einen, um den anderen nicht im Wege zu sein, zum anderen aber auch, um sie an einen Ort zu manövrieren, an dem sie von niemandem gestört würden. »Das tue ich auch. Vielleicht können wir ein Paar bilden.«

»Ich glaube, es werden Karten gezogen, aber vielleicht haben wir ja Glück.« Sie bog die Mundwinkel nach oben. »Ich habe gehört, Sie sind heute Morgen ausgeritten.«

Meinte sie damit speziell ihn oder die Gentlemen im Allgemeinen? Falls es Ersteres war, konnte er hoffen, dass sie sich über ihn Gedanken machte – wo er sich aufhielt und was er tat? Über diese Dinge dachte er in Bezug auf sie nach.

»Ja, Cosford hat einige der Gentlemen über das Anwesen geführt. Ich hatte gehofft, dass ... die Ladys dabei sein könnten.« Er wollte gerade bemerken, dass er auf ihre Teilnahme gehofft hatte, doch er hielt sich für den Fall zurück, dass sie seine Sehnsucht tatsächlich nicht erwiderte.

»Ich bin keine große Reiterin, also wäre ich nicht mitgekommen, selbst wenn wir eingeladen worden wären. Aber es freut mich, dass Sie eine angenehme Zeit hatten. Ich habe mit Mrs. Grey einen Spaziergang ins Dorf unternommen. Wir haben es am Ende nicht bis dorthin geschafft. Es liegt weiter weg, als wir angenommen hatten.

»Nun, ich bin froh, dass Sie jetzt hier sind. Es hat mir leidgetan, dass unser Abend so früh zu Ende gegangen war.«

Sie legte den Kopf schief. »Was meinen Sie mit *unserem* Abend?«

»Nur, dass ich gerne Zeit mit Ihnen verbringe. Unser Tanz war besonders erfreulich.« Erfreulich? Er war atemberaubend.

»Das fand ich auch.« Sie hielt seinen Blick fest, was diesen Moment unglaublich intim machte. Jedes Mal, wenn er mit ihr zusammen war, fühlte er sich so, als wären sie die einzigen Menschen auf der Welt und die Zeit stünde still, wenn er ihr in die Augen blickte. »Ich war enttäuscht, gestehe ich, als wir danach getrennt wurden.«

Er hatte also nicht unrecht. Sie fühlte wie er. »Die Party wird bald vorbei sein.«

»Noch zwei Tage«, raunte sie leise.

Roth hob seine Hand, die er ihr entgegenstreckte, als wolle er die ihre ergreifen. Genau das wollte er. Das Bedürfnis, sie auf irgendeine Weise zu berühren, und wenn er auch nur mit dem Daumen über ihre Knöchel strich, war so drängend wie jedes Hungergefühl oder jeder scheinbar unstillbare Durst.

»Wir sollten das Beste daraus machen.» Roth wollte kein Bedauern empfinden. Dyers Worte setzten ihm zu.

»Es ist Zeit, das Turnier zu eröffnen«, rief Lord Cosford vom gegenüberliegenden Ende des Raumes an der Türseite. »Wir werden die Paare und die Tischordnung auslosen. Wenn Sie vortreten wollen, um ihre Wahl zu treffen, werden wir in Kürze beginnen!«

Lady Cosford stand an einem Tisch mit einer Schale voller Papierschnipsel auf denen vermutlich die Namen notiert waren.

»Ich hoffe, wir erhalten die gleichen Anweisungen«, meinte Roth mit einem feurigen Blick.

Sie zog eine Augenbraue leicht in die Höhe und drehte sich um, wobei sie seinen Arm mit ihrem streifte. Roth ließ eine Hand zu ihrem unteren Rücken gleiten, wobei seine Fingerspitzen kaum ihr Kleid berührten. Beinahe wäre er vor Verlangen zusammengezuckt.

Gemeinsam traten sie an Lady Cosfords Tisch. Dort machte Roth Charlotte ein Zeichen, zuerst zu ziehen. »Nach Ihnen.«

Sie zog ihr Los aus der Schale, ohne es allerdings zu öffnen. Stattdessen warf sie ihm einen erwartungsvollen Blick zu. Er zog seinen eigenen Zettel und trat dann neben sie.

Gleichzeitig öffneten sie die zusammengefalteten Zettel und zeigten sie sich gegenseitig. Sie waren am selben Tisch, aber ein anderes Paar.

»So nah dran«, murmelte er lächelnd.

»Wenigstens sitzen wir am selben Tisch«, entgegnete sie und lachte leise.

Ein paar Minuten später nahmen alle ihre Plätze ein. Charlotte saß zur Linken von Roth. Wie sollte er sich auf das Spiel konzentrieren, wenn sie so nah war? Ihr berauschender Duft stahl sich in seine Wahrnehmung. Wenn er sein Bein ein wenig nach links bewegte, konnte er sie vielleicht berühren ...

Sie begannen zu spielen, und es lief fast genauso schlecht, wie Roth sich vorgestellt hatte. Er war vollkommen unkonzentriert und scherte sich in Wahrheit einen Dreck um das Spiel. Eigentlich wäre er froh, wenn er ausscheiden würde, damit er sich mit Charlotte davonstehlen konnte. Dazu müsste sie allerdings auch verlieren, und in dieser ersten Runde würde zwangsläufig einer von ihnen beiden gewinnen müssen.

Seine Aufmerksamkeit wurde auch durch den Umstand auf die Probe gestellt, dass Charlotte eine hervorragende Spielerin war. Er konnte nicht umhin, ihre Strategie zu bewundern. Selbst wenn sie ihm gelegentlich einen feurigen Blick zuwarf, schien sie ihre Position weit besser behaupten zu können. Und er war sich fast vollkommen sicher, dass sie ihr Knie mindestens zweimal gegen seins gestupst hatte.

Schließlich war die Tortur vorüber. Sehr zur Enttäuschung seiner Partnerin, Mrs. Fitzwarren, gab Roth sich geschlagen. »Ich hatte gehört, Sie seien der beste Spieler unter den Anwesenden«, bemerkte sie mit einem angedeuteten Schmollmund.

»Wer immer das gesagt hat, ist im Irrtum.« Roth blickte zu Charlotte. »Mrs. Dunthorpe hat uns alle übertrumpft.«

Roth rechnete in der Tat damit, dass sie das gesamte Turnier gewinnen könnte, was schade wäre. Denn dann könnte sie nicht gehen und sich zu ihm nach oben gesellen.

Wollte er das?

Ja. Mit jeder Faser seines Wesens.

Lord Cosford verkündete, dass eine kurze Pause folgen würde, ehe neue Tische und Paarungen ausgelost würden. Roth stand auf und hielt Charlotte den Stuhl, während sie sich erhob.

Sie wandte sich ihm zu. »Werden Sie bleiben und zuschauen?«

Während ein Teil von ihm ihr bei der Erringung ihres beinahe sicheren Sieges zuschauen wollte, sehnte der Rest von ihm sich verzweifelt danach, sich in sein Schlafzimmer zurückzuziehen und zu hoffen, dass Charlotte nicht so gut im Whist-Spiel war, wie es den Anschein hatte. »Ich denke, es ist sehr wahrscheinlich, dass Sie als Siegerin hervorgehen werden.«

»Ich bin mir nicht sicher, ob ich zustimme. Ich hatte Glück. Ich war etwas abgelenkt.«

»Waren Sie das? Ich auch.«

»Sie haben doch nicht absichtlich verloren?«, fragte sie kokett.

Er lachte. »Ich nehme mein Whist-Spiel sehr ernst. So sehr ich Sie auch mag – und dem ist so –, konnte ich mir nicht erlauben, weniger als mein Bestes zu geben. Leider war mein Bestes heute einer starken Herausforderung ausgesetzt.«

»Das freut mich. Nicht, dass Sie es schwer fanden, sondern dass Sie ehrlich gespielt haben. Sie haben nicht gesagt, ob Sie bleiben wollen oder nicht.«

»Ich denke, ich werde vor dem Abendessen eine Pause einlegen.« Er ging ein Risiko ein. »Wenn Sie nach dem Turnier noch ein wenig Zeit haben, könnten wir sie vielleicht miteinander verbringen. Mein Zimmer befindet sich im Ostflügel, gleich hinter dem Porträt von Cosfords Groß-vater, der majestätisch auf seinem Pferd sitzt. Sie können es nicht verfehlen – das Bild ist ziemlich groß und eindrucksvoll.«

Sie zog eine Augenbraue in die Höhe. »Aber hat es auch einen *beredeten* Zierbau?«

Roth lachte schnaubend, worauf er sich dann die Hand vor den Mund hielt. »Sehen Sie, wozu Sie mich verleitet haben. Aber Sie machen das besser«, fügte er hinzu.

Die anderen zogen erneut ihre Zuordnungen aus Lady Cosfords Schale.

»Ich muss feststellen, wo ich in der nächsten Runde sein werde«, meinte Charlotte.

Roth berührte sie sanft und kurz am Arm. »Viel Glück.«

»Ist das Ihr Ernst? Oder wäre es Ihnen lieber, wenn ich verliere?« Die Koketterie in ihrer Frage und ihr betörender Blick waren nicht zu übersehen.

Er stöhnte beinahe auf. Der Drang, sie aus dem Zimmer zu ziehen, als wäre er eine Bestie aus Urzeiten, wurde übermächtig, doch er war ein Gentleman – in Wort und Tat, wenn auch nicht in seinen Gedanken. »Sie sollten gewinnen. Ich glaube, Sie können das schaffen.«

Sie kniff die Augen leicht zusammen, drehte sich weg und ging, um ihre Zuordnung zu ziehen.

Roth zog sich zur Tür zurück und sah dann zu, wie Charlotte an einem neuen Tisch Platz nahm. Ihr Partner war dieses Mal der verdammte Emerson. Eifersucht stieg in Roth auf, und er wäre fast geblieben.

Aber das war nicht nötig. Charlotte würde entweder später zu ihm kommen … oder auch nicht.

So oder so, er würde dieser Besessenheit ein Ende setzen. Er hoffte nur, dies würde auf eine Weise geschehen, die für sie beide am aufregendsten wäre.

Roth hatte seinen Frack und seine Weste abgelegt, und auch die Stiefel und Strümpfe ausgezogen. Wenn nichts anderes geschähe, wäre er wenigstens bereit, sich für das Dinner umzuziehen.

Er hatte auch ein Glas Brandy getrunken, war hundertmal im Zimmer auf und ab gegangen und hatte sich immer wieder ausgemalt, Charlotte zu küssen. Würde sie kommen?

Wenn nicht, erwog er ernsthaft, die Party zu verlassen. Es gab keinen Grund zu bleiben. Keine der anderen Frauen interessierte ihn auch nur im Geringsten.

Er würde sich ein anderes Mal über eine Heirat Gedanken machen. Im Augenblick wollte er in der Freude schwelgen, mit Charlotte zusammen zu sein.

Nach einem Blick auf die Uhr kam er zu dem Schluss, dass reichlich Zeit für die Beendigung der nächsten Runde des Turniers vergangen war. Sie musste gewonnen haben. Aber natürlich hatte sie das.

Mit einem frustrierten Grunzen ließ Roth sich in den Sessel neben der Feuerstelle fallen. Er streckte die Beine vor sich aus und legte den Kopf in den Nacken, um an die Decke zu schauen.

Wenn er morgen abreisen würde, käme er früh in Hereford an und würde auf seine Freunde warten müssen, die ihn dort in einem Wirtshaus treffen wollten. Nachdem sie sich zusammengeschlossen hätten, würden sie ihre Reise nach Wyelands, dem Landsitz seines Freundes, Baron Warham, in der Nähe von Hereford fortsetzen.

Er konnte ebenso gut in seiner Kutsche und dann in Hereford schmollen, wie hier. Tatsächlich wäre das vorzuziehen, weil er dann nicht durch Charlottes Anwesenheit provoziert sein würde.

Er schloss die Augen und versuchte, nicht an sie zu denken. Allerdings tauchten ihre warmen, verführerischen Augen zusammen mit ihrem verführerischen Lächeln in seiner Fantasie auf. Noch eine Viertelstunde, und er würde verdammt noch mal damit beschäftig sein, Erleichterung mit seiner Hand zu suchen.

Ein Klopfen an der Tür ließ ihn aufschrecken. Er riss die Augen auf und setzte sich aufrecht im Sessel hin. Anstatt aufzuspringen, wartete er, bis er wieder zu Atem gekommen war. Hatte er gehört, was er hatte hören wollen?

Dort war es wieder. Das unverwechselbare Geräusch von Fingerknöcheln, die auf Holz pochten.

Diesmal sprang Roth aus seinem Sessel auf. In Windeseile war er an der Tür und riss sie auf, ohne sich die Mühe zu machen, erst zu fragen, wer dort war.

Glücklicherweise wurde er nicht enttäuscht.

Er konnte ein Lächeln nicht zurückhalten, das sein Gesicht in zwei Hälften zu teilen schien. »Du bist gekommen.«

Sie zuckte mit den Schultern. »Ich habe verloren.«

»Absichtlich?« Er konnte sich nicht vorstellen, dass sie auf andere Weise verlieren könnte.

Er hielt die Tür auf, damit sie in sein Schlafgemach trat. Sein ohnehin schon schnell schlagendes Herz nahm nun einen wilden Rhythmus an.

Sie drehte sich zu ihm um, nachdem er die Tür geschlossen hatte. »Wenn du mich fragst, ob ich lieber Whist spiele oder in dein Schlafzimmer komme, lautet die Antwort – und das ist nur für deine Ohren bestimmt – Letzteres.« Sie wandte den Blick von ihm ab und knabberte mit den Zähnen an ihrer Unterlippe. »Obwohl ich es mir fast anders überlegt hätte, ehe ich herkam.«

Roth schritt auf sie zu, berührte sie aber nicht. Noch nicht. Er fürchtete, sie könnte noch immer den Entschluss fassen, wieder zu gehen.

»Was war der Grund?«, erkundigte er sich. »Oder was hat dich bewogen, dennoch zu kommen?«

Sie richtete ihre Aufmerksamkeit wieder auf ihn. »Ich genieße deine Gesellschaft. Mehr als Whist spielen, wie es den Anschein hat.« Sie klang ein wenig verwirrt, als könne sie nicht recht glauben, dass dem so war. »Es war kühn von dir, mich hierher einzuladen.«

»Es war kühn von dir, herzukommen. Und ich bin über alle Maße erfreut.«

»Du solltest verstehen, dass ich meine Meinung über die Ehe nicht geändert habe. Das ist nicht mein Ziel. Aber das deine.«

»Irgendwann«, entgegnete er langsam. »Im Moment denke ich nicht daran.« Wieder ließ er seinen Blick über sie schweifen, während er sich ausmalte, wie er ihr jedes einzelne Kleidungsstück ausziehen würde.

»Woran denkst du denn dann?« Ihre Stimme klang tief und heiser, und sie war voller Verlangen.

»Ich frage mich, ob du an etwas anderem als der Ehe interessiert wärst.« Zaudernd hob er die Hand, als er ihr in die Augen sah.

Sie antwortete ihm mit einem leichten Nicken, doch das war auch alles, was er an Ermutigung brauchte. Er berührte sie am Kiefer, und seine Finger strichen sanft über ihre Haut.

»Hmmm.« Ihre Augen verengten sich ein wenig. »Das bin ich tatsächlich.«

»Und was wäre das genau?«, hauchte er mit rasendem Herzen.

»Du.«

»Wie praktisch, denn ich empfinde dasselbe, was dich anbelangt.« Er rückte näher und schlang die andere Hand um ihre Taille. Unter den vielen Lagen ihrer Kleidung konnte er ihre Kurven fühlen und sich nun kaum zurückhalten. Wie ein Tier wollte er sich am liebsten auf sie zu stürzen. »Ich fürchte, unsere Küsse am Fluss waren doch nicht genug.«

»Nein, das waren sie nicht. Ich bin froh, dass wir uns darüber einig sind.« Sie löste sich aus seiner Umarmung und ließ eine Hand in seinen Nacken gleiten, um ihn daran zu erinnern, dass er seinen Krawattenschal noch nicht abgenommen hatte. »Vermutlich gibt es nur ein Mittel dagegen.«

»Nur eines?« Er senkte den Kopf, während er sie fest an sich drückte. »Es gibt unzählige Dinge, und ich kann kaum erwarten, sie dir alle zu zeigen.«

Ihre Lippen trafen sich und es war, als würde man sehen, wie Papier Feuer fing. Blitzschnell loderte der Funke zu einer verzehrenden Flamme auf, die hell, heiß und schnell brannte.

Danach hatte er sich gesehnt. Nach einer körperlichen Verbindung, welche die anderen Arten ihrer Verbindung – wie Humor und ... Gefühle – ergänzte. Für den Moment verdrängte er dies aus seinen Gedanken. Dies war nicht der Zeitpunkt, um solchen Gedanken nachzuhängen. Dieser Augenblick sollte einzig und allein dem Vergnügen gewidmet sein.

Ihr Kuss war innig und berauschend. Er war eine sinnliche Erkundung, ein Vorspiel für das, was noch kommen sollte. Roth brachte seine Hand zu ihrem Rücken und drückte seine Finger in ihre Haut, während er mit der anderen Hand ihren Nacken umfasste. Sie hielt ihn auf ähnliche Weise, eine Hand war um seinen Nacken geschlungen, die andere hielt sein Hemd im Rücken umklammert.

Plötzlich fühlte er, dass ihm seine Kleidung zu viel wurde. Auch sie trug unzweifelhaft ein Übermaß davon. Aber er konnte sich nicht losreißen. Nicht jetzt. Der Kuss war zu berauschend, und ihre Umarmung himmlisch.

Sie schob ihre Hand nach vorn, streichelte seine Wange, strich mit dem Daumen über seinen Kiefer. Er stöhnte leise und sehnte sich nach weiteren Berührungen von ihr.

Doch dann zog sie sich zurück. Zumindest verharrte sie in seinen Armen. Ihre Augen leuchteten, ihre Lippen waren rosig und prall von ihrem Kuss.

Roth musste um Atem ringen. »Stimmt etwas nicht?«

»Bevor wir weitermachen, muss ich erst einmal verstehen, was dies ist.«

KAPITEL 7

Charlotte zitterte beinahe vor Verlangen. Und Nervosität. Es lag schon lange zurück, dass sie so etwas getan hatte. Seit Sidneys Tod hatte sie genau genommen ein romantisches Intermezzo genossen.

Roth hatte erschrocken gewirkt, als sie ihren Kuss unterbrochen hatte. Er atmete schwer, und seine Wangen waren zauberhaft gerötet.

Sie musste langsam vorgehen, um sicherzustellen, dass sie beide die gleichen Erwartungen hatten. »Es ist nur für die Dauer der Party, ja?«

»Ja. Aber wenn es dir gefällt, können wir danach noch ein paar Tage dranhängen. Ich werde nach Hereford reisen, um Freunde zu treffen, bevor wir zu einer einwöchigen Hausparty auf Wyelands weiterreisen. Das ist das Anwesen meines Freundes Baron Warham. Du könntest mich nach Hereford begleiten.«

Zwar war sie von der Vorstellung begeistert, mehr Zeit mit ihm zu verbringen, doch sie konnte sich nicht vorstellen, wie das funktionieren sollte. »Und was soll ich tun, wenn wir in Hereford sind? Ich wohne in Birmingham.«

»Ich lasse dich mit meiner Kutsche nach Hause fahren.«

»Das ist reichlich abgelegen. Wie willst du nach Wyelands gelangen?«

»Ich werde mit einem meiner Freunde fahren. Ich werde mich damit herausreden, dass meine Kutsche repariert werden muss oder etwas in dieser Art.« Er streichelte ihr über die Wange. »Bitte sag ja. So wie der Kuss von gestern nicht gereicht hat, fürchte ich, dass das, was von der Party noch übrig ist, auch nicht reichen wird.«

Charlotte war sich nicht sicher, ob selbst die Reise nach Hereford ausreichen würde sie zufriedenzustellen, doch mehr konnte sie nicht riskieren. Ein paar Tage mit diesem Mann, der sie Dinge fühlen ließ, die sie sich nie vorgestellt hatte. Es ging über das Körperliche hinaus, denn er brachte sie zum Lachen und besaß eine Reihe von wundersamen Eigenschaften. Er war ein anbetungswürdiger Vater, ein engagierter Parlamentsabgeordneter, und obendrein war er von ihrer einzigartigen Verbindung ebenso in Bann geschlagen wie sie.

Wäre sie imstande, sich in Hereford von ihm zu trennen? Das würde sie müssen. In der Zwischenzeit würde sie sich daran erfreuen, begehrt zu werden. Und geschätzt.

»Ja. Bring mich nach Hereford. Aber zuerst in dein Bett.«

Kurz schloss er die Augen, und sie konnte seine Erleichterung fühlen. Dann begegneten sich ihre Blicke und in seinen lag feuriges Verlangen. »Zuerst werde ich dir jedes einzelne Kleidungsstück vom Leib reißen.«

»Da kann ich nicht nein sagen.« Sie kickte sich ihre Schuhe von den Füßen, und dann ließ sie ihre Hände zu seinem Krawattenschal wandern. »Auch das ist ein Hindernis.« Sie zupfte am Knoten, zog das seidene Tuch von seinem Hals, um es dann beiseite zu werfen. Nun schob sie ihn rückwärts zum Sessel. »Setz dich. Schau zu.«

Er zog eine Augenbraue in die Höhe und wich zurück, bis

er an den Sessel stieß. Dann sank er, den Blick auf sie gerichtet, darauf nieder. »Wirst du dein Haar öffnen?«

»Möchtest du das?«

»Ja«, raunte er, und der verführerische Ton seiner Stimme war ebenso erregend wie eine Liebkosung.

Charlotte griff sich ins Haar und fing an, die Nadeln herauszuziehen, wobei sie diese in der Hand behielt, während sie die einzelnen Strähnen löste. Normalerweise entfernte sie die Nadeln schneller, doch weil er sie beobachtete, zog sie den Akt in die Länge, bis ihr Haar vollkommen von etwaigen Behinderungen befreit war. Sie schüttelte den Kopf und spürte, wie ihr Haar ihr auf den Rücken fiel.

»Wunderschön«, murmelte er. »Darf ich mich jetzt erheben?« Die Frage endete in einem Krächzen. Er klang gequält. Sie musste ein Lächeln unterdrücken.

»Nein.« Charlotte legte die Haarnadeln auf einen Tisch und rückte ein wenig näher an Roth heran, der in dem Sessel saß. Er sah aus, als wolle er sich auf sie stürzen. Lächelnd fing sie an, die Vorderseite ihres Kleides aufzuknöpfen, indem sie an der linken Schulter begann und dann auf der rechten weitermachte. Die Vorderseite klappte auf und entblößte ihr Korsett.

Sie hörte, wie Roth scharf die Luft einsog. Seine Aufmerksamkeit wanderte zu ihren Brüsten deren oberer Teil sich über den Rand ihres Korsetts wölbte. Sie griff hinter ihren Rücken, löste die Schnüre des Kleides und lockerte den Rock. Dann schob sie das Kleidungsstück über ihre Unterwäsche und stieg aus dem Musselin.

Vorsichtig hob sie es auf und legte es über die Rückenlehne eines anderen Sessels. Aus den Augenwinkeln bemerkte sie, dass Roth ein Stück vorgerutscht war. Sie war überrascht, dass er nicht ganz vom Sessel gefallen war.

»Geduld«, raunte sie leise, während sie sich vor ihn schob und dann noch näher als bisher an ihn herantrat. Sie streifte die Träger ihres Unterrocks von den Schultern und löste den Bund, damit sie auch diesen ablegen konnte. Diesmal legte sie das Kleidungsstück achtlos zur Seite.

Jetzt stand sie nur noch in ihrem Korsett, Unterhemd und Strümpfen vor ihm. Ein paar Zentimeter ihrer Beine waren zwischen den Strumpfbändern und dem Saum ihres Unterhemdes sichtbar. Roths Blick war momentan genau darauf gerichtet.

»Soll ich aufhören? Es sieht so aus, als ob du zumindest dein Hemd ausziehen möchtest.«

Er riss sich das Kleidungsstück über den Kopf und warf es zur Seite. Seine entblößte Brust war prächtig bemuskelt, und ein Fleck heller Haare zierte die Mitte, von wo aus eine schwache Spur bis zu seinem Hosenbund verlief.

Es kostete sie erhebliche Beherrschung, ihre Verführungsversuche nicht aufzugeben, um sich ihm ernsthaft an den Hals zu werfen. Also nahm sie Zuflucht im Humor, um die Sache noch eine Zeit lang aufzulockern. »Ich bin überrascht, dass du den Stoff in deiner Hast nicht zerrissen hast«, bemerkte sie ironisch.

»Ich würde gerne den Rest dessen zerreißen, was du noch am Leib hast, aber dann hältst du mich für eine Bestie.«

»Nicht für ein Bestie. Nur für sehr ... eifrig.« Sie trat einen weiteren Schritt auf ihn zu, sodass ihre Beine die seinen streiften. »Du musst meine Bänder lockern. Wenn es nicht zu viel Mühe macht.«

»Dreh dich.« Die beiden Worte waren wie ein dunkler, leidenschaftlicher Befehl.

Charlotte drehte sich, wobei sie sich wieder langsam bewegte, um ihn zu reizen. Das war jedenfalls ihre Absicht.

Sie spürte, wie er anfing, an den Bändern zu ziehen und das Kleidungsstück zu lockern. Ganz im Gegensatz zu ihrem methodischen Vorgehen, kam er rasch voran.

Als die Bänder gelockert waren, drehte sie sich wieder

um und schob das Korsett über ihre Hüften, wobei sie mit den Beinen schlangenähnlich wackelte, bis das Kleidungsstück auf dem Boden landete. Dann schob sie es, wie zuvor auch ihre Schuhe, beiseite.

»Was soll ich als Nächstes ausziehen?«, fragte sie. »Mein Unterhemd? Oder vielleicht meine Strümpfe?« Charlotte hob ihr linkes Bein an und stellte den Fuß auf das Kissen neben ihm. Sie griff nach dem Saum ihres Unterhemdes und zog es in Richtung der Hüften hinauf, sodass nun beinahe ihr ganzer Oberschenkel entblößt war und ihr Geschlecht kaum bedeckt. »Hast du eine Vorliebe?«

»Großer Gott, Charlotte.» Er ließ seinen Blick, der zwischen ihren Schenkeln verharrte, zu ihr schweifen. »Ich kann dich nicht länger Mrs. Dunthorpe nennen.«

»Nein, das kannst du nicht.« Sie schob ihren Fuß seinen Oberschenkel entlang. »Ich warte auf deine Antwort.«

Er legte die Hände an ihr Strumpfband und in Windeseile hatte er die Seidenschnüre gelöst. »Heb dein Hemd ein Stück höher.«

Sie schob es ein kleines Stückchen nach oben. »So?«

»*Verführerin*«, zischte er. »Höher.«

Sie entblößte nur einen winzigen Teil ihres Geschlechts und fragte: »Wie ist es jetzt?«

Er streifte ihr den Strumpf vom Bein und warf ihn beiseite. Als er sich wieder ihrem Bein zuwandte, strich er mit den Handflächen über ihre Oberschenkel, um sie dann unter ihr Hemd zu schieben. Mit einer Hand hielt er ihre Hüfte, während er mit der anderen über ihre Schamlippen streichelte.

Charlotte keuchte, als er seine Aufmerksamkeit auf die Tatsache lenkte, dass ihr Geschlecht bereits geschwollen war und begierig nach ihm verlangte, während es wahrscheinlich auch feucht war. Jetzt ging er langsamer vor und neckte sie von ihrer Klitoris bis zu ihrer Scheide.

»Was ist mit meinem anderen Strumpf?«, brachte sie mühevoll hervor, während ihre Empfindungen sie durchströmten.

Er dirigierte ihr entblößtes Bein zu Boden, und dann hob er das andere in die gleiche Position auf seiner anderen Seite. »Er ist hinderlich.« In kürzester Zeit hatte er das Strumpfband entfernt und ihr den Strumpf dann ausgezogen.

»Du hast das Hemd losgelassen«, meinte er tief enttäuscht.

Das hatte sie, in dem Moment als sie sich in die neue Position begeben hatte und während ihre Erregung auf einen neuen Höhepunkt gestiegen war. Sie hob das Kleidungsstück nun bis zu ihrer Taille und entblößte sich ihm vollständig. »Ich bitte um Entschuldigung.«

»Ich möchte mich an dir laben. Gestattest du mir das?«

Das Verlangen pochte in ihrem Geschlecht. »Ja. Bitte.«

Er bewegte sich so schnell, dass sie nicht sicher war, was eigentlich geschah. Er hob sie hoch und trug sie zum Ende des Bettes, wo er sie auf die Matratze legte, sodass ihr Hinterteil dicht an der Bettkante landete. Er kniete sich auf die schmale Bank, die am Ende des Bettes stand, und spreizte ihre Beine.

Sie spürte seinen Atem auf ihrem Geschlecht, ehe er ihre Knospe mit seinem Daumen in kreisenden Bewegungen streichelte und sie zum Stöhnen brachte. Sie umklammerte ihr Hemd in der Taille und versuchte, sich nicht ihm entgegen zu wölben. Er streichelte mit seinem Finger an ihren Schamlippen entlang und teilte sie, bevor er sanft in sie drang.

Jetzt bewegte sie sich und reckte ihre Hüften, als er sie in ihrem Inneren streichelte. Er fand eine delikate Stelle, die wundersame Erfüllung versprach. Nach mehreren Stößen, die sie mit ihren eigenen beantwortete, nahm sein Mund den Platz seiner Hand ein, die er über ihrem Hügel breitete und sie festhielt, während er sie mit seinen Lippen und seiner Zunge verwöhnte.

In einer peinlich kurzen Zeit verkrampften sich Charlottes Muskeln. Sie umklammerte seinen Kopf, als er ihr Bein über seine Schulter führte und seine Zunge tief in sie stieß. Er bearbeitete ihre Knospe und trieb sie in ein rauschhaftes Vergessen.

Charlotte schrie auf, und an ihn geklammert bewegten sich ihre Hüften in einem leidenschaftlichen Rausch. Er ließ nicht von ihr ab, bis sie sich zu beruhigen begann und ihre Beine um ihn zitterten.

Dann war er verschwunden.

Nach Luft ringend, richtete sie sich auf und erkannte, dass er sich seiner Hose entledigte. Sie setzte sich auf und zog ihr Unterhemd über den Kopf. Als sie es über die Bettkante fallen ließ, kroch er neben ihr hoch und bewegte sich wie ein Raubtier, das sich nun an seiner erlegten Beute laben wollte.

Das hatte er allerdings bereits getan.

Sie konnte sich ein Lächeln nicht verkneifen. Wahrscheinlich war es ein albernes Lächeln. Dies war der beste Tag, den sie je erlebt hatte.

»Was ist so amüsant?«, wollte er wissen und zog die Mundwinkel nach oben.

»Nichts. Ich genieße es nur. Ich hoffe, du auch.«

»Mehr als ich beschreiben kann.« Er senkte den Blick auf ihre nackten Brüste. »Sie sind wunderschön.« Er umfasste sie, und ihre Brüste wölbten sich über seine Hand hinaus, als er den Mund auf ihre Brustwarze senkte.

Obwohl sie seinen Kuss erwartet hatte, war sie nicht auf den Schock über ihr neu erwachendes Verlangen vorbereitet. Es war, als ob sie nicht gerade erst ihren Höhepunkt erreicht hätte. Sie bebte bereits vor Begierde.

Mit zurückgeworfenem Kopf schlang sie eine Hand um

seinen Nacken und drückte ihn an sich. »Du bist noch nicht auf deine Kosten gekommen.«

»Ich weiß nicht, ob mir das je gelingen wird«, entgegnete er und hob kaum seinen Mund von ihrer Brust. Er saugte an ihr und benutzte die andere Hand für die andere Brustwarze, indem er sie rollte und an ihr zog, bis sie wie von Sinnen stöhnte und ihr ganzer Körper sich anspannte.

Sie griff zwischen ihre Leiber und fand seinen steifen Schwanz. »Ich brauche dich. Jetzt.«

Er stöhnte auf, als sie ihn streichelte. »Ja.« Er ließ von ihrer ab Brust, brachte sich zwischen ihren Beinen in Stellung und positionierte sich an ihrem Geschlecht.

Sie schaute zu ihm auf und erkannte, dass er die Augen geschlossen hatte und sein Gesicht vor Ekstase verzerrt war. Darauf bewegte sie ihre Hand schneller und genoss ihre Macht und die gemeinsame Freude am Geben und Nehmen.

»Wenn du damit nicht aufhörst, werden wir nicht bis zu dem Teil kommen, den wir beide am meisten wollen.«

»Woher weißt du, dass ich nicht dies hier am meisten will?«, fragte sie keck.

Er riss ein Auge auf. »Ich sollte keine Vermutungen anstellen. Willst du es so beenden?«

Obwohl die Vorstellung, wie er in ihrer Hand die Kontrolle verlor, einen köstlichen Reiz ausübte, konnte sie nicht leugnen, dass sie darauf brannte, ihn in sich zu spüren. »Heute nicht.« Sie verengte die Augen, als sie seinen Schaft an ihrer Scheide positionierte.

Ein kurzer und sanfter Ausdruck der Erleichterung huschte über sein Gesicht, als er seine Hände auf ihre legte. Zusammmen führten sie ihn zu ihrer Scheide. Sie lächelte in dem Moment, in dem er anfing, sie auszufüllen. Ihre Verbindung fühlte sich irgendwie unausweichlich an – wie das nächste Kapitel einer Geschichte, die erzählt werden wollte.

Er bewegte sich langsam, bis er vollständig in sie eingedrungen war. Dann hielt er ganz inne, während er sie in die Arme nahm und küsste. Als er den Kopf hob, schaute er ihr in die Augen und streichelte ihr über die Wange. »Danke für dein Vertrauen.«

Seine Worte brachen sie beinahe. Sie überlegte, sich von ihm wegzustoßen und in ihr Zimmer zu laufen. Aber sie waren schon zu weit gegangen. Sie vertraute ihm, selbst wenn sie nicht ganz ehrlich gewesen war.

Denk jetzt nicht daran.

Charlotte schloss die Augen und gab sich seiner Umarmung hin. Sie schlang die Beine um seine Hüften und er fing an, sich zu bewegen, wobei er zunächst langsam in sie drang. Ihr Körper gewöhnte sich an seinen, und obwohl Jahre vergangen waren, seit sie dies getan hatte, war diese Empfindung vertraut. Andererseits waren sie aber auch vollkommen neu. Wegen ihm.

Er hielt sie zärtlich, aber auch mit einem grimmigen Besitzanspruch, der sie dazu brachte, sich mit neuer Leidenschaft an ihn zu klammern. Sie grub die Finger in seine Haut und küsste ihn, als sie sich als Einheit bewegten.

Nach und nach wurden seine Bewegungen schneller und er drang zugleich tiefer in sie ein. Darauf drückte sie ihn noch fester mit ihren Armen und Beinen, als ob sie ihn noch fester an sich ziehen wollte. Als ob sie ihn nie wieder loslassen wollte.

Mit jedem Stoß schwoll ihre Leidenschaft noch weiter an und trug sie erbarmungslos zu ihrem Höhepunkt. Er kippte seine Hüften und brachte seine Leiste an ihre Klitoris. Stöhnend hob sie ihren Rücken vom Bett, um sich ihm entgegenzudrängen.

»Komm für mich Liebling«, flüsterte er dicht an ihrem Ohr.

Charlotte hatte nicht erkannt, dass sie sich zurückgehalten hatte, um ihr Vergnügen zu verlängern. Jetzt ließ sie los und ihr Körper spannte sich in Vorbereitung auf ihre Erlösung an. Er stieß heftig in sie und füllte sie komplett aus, worauf sie sich ihrer Seligkeit ergab.

Dann schrie sie auf und klammerte sich an ihn, als ihr Orgasmus in einer Woge nach der anderen über sie hinwegrollte. Ehe sie wieder zur Ruhe gekommen war, hatte er sich aus ihr zurückgezogen.

Als sie wieder zur Besinnung gekommen war, rollte sie sich zu ihm hin. Mit geschlossenen Augen lag er auf dem Rücken und seine Hand lag um seinen erschlaffenden Schaft. Es war überaus rücksichtsvoll von ihm, sie verlassen zu haben.

Nach einigen weiteren Minuten schlüpfte er aus dem Bett und es klang, als würde er sich säubern. Charlotte rutschte unter die Bettdecke und schlug sie einladend für ihn zurück.

Kurze Zeit später kehrte er zurück und legte sich mit dem Gesicht zu ihr hin. »Das war das Warten wert.« Er grinste – das vollendete Bild eines befriedigten Geliebten.

»Dann warst du also sicher, dass dies passieren würde?«

»Ganz und gar nicht. Ich war *hoffnungsvoll*. Und obwohl ich wünschte, wir hätten diese … Liaison früher begonnen, bin ich dankbar, dass wir uns endlich durchgerungen haben.«

»Das bin ich auch.« Sie schmiegte sich an ihn und drückte ihm einen Kuss in die Mulde an seinem Halsansatz. »Es wäre mir lieber, wenn diese Sache zwischen uns bleibt.« Obwohl Charlotte erkannte, dass sie Cecilia einweihen musste, weil sie nun nicht mehr auf eine Kutsche der Cosfords angewiesen war, um nach Birmingham zurückzukehren.

»Es ist nur noch ein Tag von der Party übrig. Du willst morgen so tun, als hätten wir keine Affäre?«

Sie hob den Kopf, um seinem Blick zu begegnen. »Das würde ich, wenn das in Ordnung ist.« Es fühlte sich einfach so persönlich an. »Ich würde es vorziehen, wenn es unser Geheimnis bleibt.«

»Nun, das verleiht dem Ganzen bestimmt eine Aura des Verbotenen«, meinte er mit einem Schmunzeln. »Bedeutet das, ich sollte morgen nach Möglichkeiten sinnen, wie ich dich in einen Wandschrank oder Nische schmuggeln kann, um mir einige Küsse zu stehlen?«

Charlotte kicherte. »Ich wüsste nicht, warum nicht.«

»Dann bin ich von ganzem Herzen für unser Geheimnis.«

»Würde es dir etwas ausmachen, wenn wir die Letzten sind, die übermorgen abreisen? Auf diese Weise wird niemand sehen, dass wir zusammen abreisen.«

»Es ist mir egal, wann wir aufbrechen, solange wir in derselben Kutsche abfahren. Du wirst Lady Cosford allerdings informieren müssen, nicht wahr?«

Charlotte nickte. »Ich hatte daran gedacht. Sie wird das Geheimnis wahren.«

Er zog sie zu sich und streichelte über ihren Rücken. »Wirst du noch eine Weile länger bleiben?«

»Ja.« Sie wünschte, sie könnte für immer bleiben. Doch das konnte sie nicht, dass sie in einer Situation gefangen war, die sie selbst herbeigeführt hatte, und derentwegen sie nicht heiraten konnte.

Sie würde ihre kurze gemeinsame Zeit genießen und ihre Erinnerungen daran für immer wie einen kostbaren Schatz hüten.

⁓

Der letzte vollständige Tag der Party war einer der glückseligsten, an die sich Charlotte erinnern konnte. Beim Frühstück war die Verlobung zwischen Lord Audlington und Mrs. Sheldon verkündet worden. Das war nicht sonderlich überraschend, da sie, wie Charlotte von mehreren Leuten gehört hatte, nach ihrem Kuss beim Blindekuh-Spiel ein Paar geworden waren.

Charlotte hoffte, dass es Roth und ihr gelungen war, ihre Affäre während des Tages und beim abendlichen Ball, der sich ziemlich in die Länge gezogen hatte, geheim zu halten. Einzig die Tatsache, dass sie heute alle abreisen mussten, hatte die Feierlaune getrübt. Und nun waren alle bis auf Roth und Charlotte abgereist, die sich an ihren Plan gehalten hatten, als Letzte aufzubrechen, damit niemand sie zusammen sah.

Ehe sie jedoch losfuhren, hatte Cecilia Charlotte in ihren privaten Salon eingeladen, damit sie ein paar der letzten Minuten zusammensitzen konnten. Charlotte betrat den hellen, freundlichen Raum im Erdgeschoss. Er war intimer als der große Salon, und tatsächlich wirkte Cecilia entspannter, als Charlotte sie während der letzten Woche erlebt hatte. Vielleicht lag es daran, dass sie sich auf einer Chaiselongue ausruhte.

Bei Charlottes Anblick setzte Cecilia sich auf. »Verzeih, ich fürchte, nun, da alle gegangen sind, bin ich erschöpft. Jedenfalls, alle außer Roth und dir.« Mit einem herzlichen Lächeln stand sie auf und schlenderte zu Charlotte hinüber. Cecilia ergriff Charlottes Hand und drückte sie. »Ich freue mich so sehr für dich.«

Cecilia kannte natürlich die Wahrheit über Roth und Charlotte. Es war unvermeidlich gewesen, ihre Affäre zu gestehen, da Charlotte nun auf die Kutsche der Cosfords verzichten konnte, die sie eigentlich nach Birmingham zurückbringen sollte.

»Danke, aber das ist nur eine vorübergehende ... Liaison.«

»Kannst du dich einen Moment setzen?«, fragte Cecilia und wandte sich zum Sofa. Auf Charlottes Nicken hin nahmen sie beide Platz. »Es besteht immerhin die Möglichkeit, dass du deine Meinung noch änderst, ehe du Hereford erreichst. Und wenn nicht, was passiert dann? Vergesst ihr einander dann einfach?«

Charlotte würde Roth und ihre gemeinsame Zeit nie vergessen können, wie kurz sie auch ausfallen würde. »Wir gehen getrennte Wege und halten unsere Erinnerungen in Ehren.«

Cecilia schien nicht überzeugt zu sein. Sie warf Charlotte einen durch und durch skeptischen Blick zu, wozu sie die Brauen fragend hochgezogen hatte. »Vielleicht verliebt ihr euch noch. Was werdet ihr dann unternehmen?«

»Das werden wir nicht.« Das würde Charlotte nicht tun. Und selbst wenn, würde das nichts verändern. »Unsere Verbindung ist in erster Linie körperlicher Natur, und sie wird ihr Ende finden, wenn wir Hereford erreichen.« Und wenn nicht, dann müssten sie eben mit ihrer fortdauernden Leidenschaft fertigwerden.

»Ich kenne Roth schon länger als du. Wenn er sich in dich verliebt, dann hüte dich vor seinen Überredungskünsten.« Cecilia zwinkerte ihr frech zu.

Charlotte konnte sich das gut vorstellen. So sehr sie Cecilia auch mochte, würde Charlotte allen Ideen und Hoffnungen auf eine dauerhafte Verbindung zwischen beiden einen Riegel vorschieben müssen. »Das wird er nicht, weil ich nicht das bin, was er will. Er sucht eine Mutter für seine Töchter, und ich habe keine Lust, diese Rolle zu übernehmen.« Die Lüge fiel ihr leichter, als erwartet, aber was blieb ihr auch anderes übrig?

»Aber du wärst eine ausgezeichnete Mutter.« Cecilia wirkte ein wenig niedergeschlagen. Sie schürzte die Lippen und ihre Mundwinkel sanken nach unten. »Sieh dir nur an, wie du die jungen Frauen unterstützt und anleitest, die du in deinem Haushalt aufnimmst.«

»Das ist keine Mutterschaft«, entgegnete Charlotte.

»Lord Rotherham braucht eine Mutter für seine Töchter, und ich werde das nicht sein.«

Cecilias Blick wanderte an Charlotte vorbei zur Tür. »Da bist du ja, John. Ich habe mich schon gefragt, ob du dich zur Ruhe begeben hast.« Sie lachte leise, als ihr Mann das Zimmer betrat.

Er ließ sich in einen Sessel sinken und sah genauso erschöpft aus wie seine Frau. »Noch nicht.« Cecilia und er tauschten sich in wortloser Kommunikation aus, die nur an dem leichten Grübchen in ihrem Kinn und dem subtilen Aufblähen seiner Nasenlöcher zu erkennen war. Und natürlich an der Art und Weise, wie ihre Blicke sich trafen. Angesichts ihrer offenkundigen Intimität verspürte Charlotte einen Anflug von Neid. In Wahrheit würde Charlotte fast alles dafür geben, das zu bekommen – und Mutter sein zu dürfen.

Charlotte stand auf. »Ich sollte euch verlassen. Unsere Kutsche steht wahrscheinlich schon bereit.«

Cosford schüttelte über sich selbst den Kopf und setzte sich in seinem Sessel auf. »So ist es. Ich bin gekommen, um Bescheid zu geben, doch dann wurde ich von meiner Erschöpfung völlig abgelenkt. Was für ein furchtbarer Gastgeber ich doch bin.«

»Unsinn. Du warst die ganze Woche über ein tadelloser Gastgeber.« Charlotte ließ den Blick von ihm zu Cecilia schweifen. »Das wart ihr beide. Ihr habt keinen Grund, euch vor mir zu verstellen. Gebt euch so müde, wie ihr euch fühlt, selbst in meiner Gesellschaft. Ich bin euch so dankbar für eure freundliche Einladung. Es war eine wunderbare Hausparty.«

»Es war uns ein Vergnügen, dich hier zu haben«, entgegnete Cecilia.

»Und euch beide, dich und Roth, miteinander bekannt zu machen«, fügte Cosford hinzu. »Er wartet in der Kutsche auf

dich. Das ist das andere, was ich eigentlich sagen wollte.«
Wieder schüttelte er den Kopf und senkte den Blick.

»Ach, hör doch auf«, meinte Cecilia lachend zu ihm. Sie
blickte erneut zu Charlotte. »Wenn du nach Birmingham
kommst, halte uns über dein Dienstmädchen Hilda auf dem
Laufenden.«

»Ja, das werde ich.« Charlotte war sich sicher, dass das
Mädchen begeistert von der Möglichkeit wäre, auf Blickton
zu arbeiten.

Cecilia stand auf und umarmte sie. Charlotte lächelte, als
sie ihre Freundin an sich drückte. Sie war wirklich froh, dass
sie gekommen war, und das nicht nur, weil sie Roth kennengelernt hatte.

Cosford gesellte sich zu ihnen und sie gingen alle
gemeinsam zur Eingangshalle. Der Diener öffnete ihr die
Tür und Charlotte ging hinaus, während die Cosfords Arm
in Arm auf der Treppe standen.

Roth wartete bei der Kutsche auf sie und seine Stiefel
glänzten dunkel, während ein modischer Hut sein goldblondes Haar zierte. Charlotte stockte der Atem. Würde sie
sich je an seine außergewöhnliche Attraktivität gewöhnen?
Oder die Tatsache, dass er zumindest im Augenblick der Ihre
war? Schon so lange hatte sie sich jemanden in ihrem Leben
gewünscht und nun war die Wirklichkeit um so vieles besser.

»Bereit?«, fragte Roth, als sie zu ihm trat.

»Ja.« Sie ergriff seine Hand, als er ihr in die Kutsche half.

Sie schob sich auf die entfernte Seite der Sitzbank, als
Roth hinter ihr hineinkletterte. Der Kutscher schloss die Tür
und Charlotte lehnte sich um Roth herum, damit sie aus dem
Fenster schauen konnte.

»Schau sie an, wie sie einander halten«, meinte Charlotte
mit einem kleinen Lachen. »Ich wage zu sagen, dass sie in
dem Moment in ihr Schlafzimmer stolpern werden, um auf
das Bett zu fallen, in dem die Kutsche abfährt.«

Die Cosfords winkten der wegfahrenden Kutsche nach. Roth lachte glucksend. »Ich glaube, du hast recht. Aber die Frage ist, ob sie schlafen werden.«

»Ach, du meinst, sie werden sich anderweitig beschäftigen?«

»Ich weiß, dass ich das tun würde.« Roth beugte den Kopf und drückte ihr einen Kuss hinter das Ohr, ehe er seine Lippen dann an ihrem Hals hinunterwandern ließ. »In der Tat habe ich vor, jeden unserer gemeinsamen Momente zu genießen, insbesondere nach der gestrigen Qual, als ich meine Hände von dir lassen musste.«

Charlotte lächelte, während ihr Körper sich unter seiner Berührung erhitzte. »Meistens. Was war mit dem Musikzimmer?«

Er hob den Kopf, um sie anzublicken. »Hast du Beschwerden vorzubringen?«

Wie angedeutet, hatte Roth eine Möglichkeit gefunden, sie in einen leeren Raum zu schmuggeln, wo er ihr mehr als nur Küsse gestohlen hatte. Er hatte sie an die Tür gepresst, ihre Röcke hochgeschoben und sie mit seiner Hand geneckt, bis sie zum Höhepunkt kam, während sie bemüht waren, sich still zu verhalten. Zum Glück hatte er ihre drängenden Schreie nach Erlösung mit einem Kuss in sich aufgenommen, der sie bis ins Mark erschüttert hatte.

»Das habe ich nicht«, gestand Charlotte. »Also, wie lange dauert es, bis wir Beckford erreichen?«

»Wir werden dort ankommen, ehe du dich versiehst.« Er schenkte ihr ein verruchtes Grinsen, bevor seine Lippen die ihren eroberten.

KAPITEL 8

ie Sonne stand schon am Horizont bereit, um für die Nacht unterzugehen, als die Kutsche in den Hof des Oak and Ash Coaching Inn in Beckford einbog. Roth war Charlotte beim Aussteigen behilflich und er hielt ihre Hand auch dann noch fest, als sie schon auf dem Boden stand. Er brachte es nicht über sich, sie nicht zu berühren. Während der gesamten Reise von Blickton hatten sie engen körperlichen Kontakt gehalten. In manchen Momenten waren sie sich näher als in anderen gewesen.

Es waren die schönsten Stunden, die er je in einer Kutsche zugebracht hatte. Er überlegte, ob sie über London nach Hereford fahren könnten. Aber dann würde er erst ankommen, wenn die Party in Wyelands vorüber war. Er war sich nicht sicher, ob es ihn überhaupt interessierte.

»Ich habe diesen Gasthof ausgewählt, weil er für seine hervorragende Küche bekannt ist«, meinte Roth.

Charlotte lehnte den Kopf ein Stück weit in den Nacken, als sie die vier Stockwerke des großen Gasthauses hinaufblickte. »Von außen ist es ziemlich beeindruckend.«

»Wie ist es im Vergleich zum Gasthaus deines Vaters?«, fragte Roth.

Sie blickte ihn an. »Das *Horse and Harness* ist etwa halb so groß und nur drei Stockwerke hoch. Außerdem ist es älter – es wurde vor vierzig Jahren von meinem Großvater errichtet. Ich würde sagen, dieses hier wurde in den vergangenen zwanzig Jahren gebaut.«

»Das *Horse and Harness* befindet sich nicht mehr in deiner Familie?« Roth fand das sehr schade.

»Nein, aber der Gentleman, der es erworben hat, war ein guter Bekannter meines Vaters, dem er vertraut hat.«

»Das muss ein Trost sein. Sollen wir eintreten?«

Ein Junge war herausgekommen, um dem Kutscher den Weg zu den Ställen mit der vierspännigen Kutsche zu zeigen. Roth tauschte ein Nicken mit dem Kutscher aus, bevor er Charlotte in den Gasthof führte. Dyer, der neben dem Kutscher geritten war, folgte ihnen mit ihren kleinen Koffern, die alles enthielten, was sie für die Übernachtung brauchen würden. Morgen kämen sie in Hereford an. Zu früh. Roths Idee, über London zu reisen, hatte viel für sich.

Drinnen standen sie in einer großen Eingangshalle mit weißer Vertäfelung und hellblauen Wänden. Auf der rechten Seite befand sich der Speisesaal und linker Hand ein Aufenthaltsraum. Vor ihnen erhob sich eine breite Treppe, deren Eichenholz ein sattes, glänzendes Braun aufwies.

Eine junge Frau eilte aus dem Esszimmer in die Halle. Sie blieb vor ihnen stehen und rückte die weiße Mütze auf ihrem dunklen Haar zurecht. Jetzt, da sie still stand, sah Roth, dass sie gar keine Frau war. Sie war nicht mehr als ein Mädchen, höchstens vierzehn oder fünfzehn Jahre alt.

»Willkommen im *Oak and Ash*«, sagte sie strahlend. »Ich bin Daphne.« Sie strich mit den Händen über die adrette graue Schürze, die ihr dunkelblaues Kleid bedeckte.

»Guten Abend, Daphne. Wir sind Mr. und Mrs. Ludlow.«

Roth hatte Charlotte auf dem Weg dorthin vorgeschlagen, dass sie sich für den Abend als Ehepaar ausgeben sollten. Sie hatte zugestimmt und war überrascht, wie sehr er sich darüber freute, dass sie Mann und Frau waren, selbst wenn es nur zum Schein war. »Wir übernachten auf dem Weg nach Hereford.«

Daphnes Blick schoss hinter sie. »Und ist das Ihr Diener?«

»Ja, Dyer braucht auch ein Zimmer.«

»Natürlich. Ich habe eine Suite für Sie im zweiten Stock, und im obersten Stockwerk gibt es ein ausgezeichnetes Zimmer für Ihren Diener. Folgen Sie mir einfach.« Sie drehte sich um und führte sie die Treppe hinauf.

»Wunderbar«, meinte Roth, während sie Daphne folgten. »Darf ich hoffen, dass es bald Essen gibt?«

Sie hatten den Treppenabsatz im ersten Stock erreicht, und Daphne blickte sie mit einem ausgesprochen besorgten Ausdruck an. »Nun, das Dinner gibt es heute Abend um sieben.«

Daphne schien ihr Tempo zu beschleunigen, als sie in den zweiten Stock hinaufstieg und sie bis zum Ende des Flurs führte. Sie öffnete eine Tür und gab den beiden ein Zeichen, ihr vorauszugehen.

Roth und Charlotte traten in ein gut ausgestattetes Wohnzimmer.

»Das Schlafzimmer ist dort drüben«, meinte Daphne und zeigte nach links. »Und es gibt ein angrenzendes Ankleidezimmer. Sie wollen doch nicht baden, oder?« Sie legte die Stirn in Falten.

Charlotte trat auf das Mädchen zu, während Dyer ihre Koffer in das Ankleidezimmer trug. »Daphne, empfängst du normalerweise Gäste und führst sie auf eure Zimmer?«

Das Mädchen nickte, ihre graublauen Augen weit geöffnet. »Das tue ich oft, ja.«

»Gehört dieses Gasthaus zufällig deinen Eltern? Oder vielleicht einem anderen Familienmitglied?«

»Ja, woher wissen Sie das?«

Charlotte zuckte mit einer Schulter und lächelte sie herzlich an. »Mein Vater hat ein Gasthaus besessen. Du erinnerst mich an mich selbst, als ich in deinem Alter war.«

Daphnes Augen wurden zu großen Scheiben. »Mussten Sie jemals ... Gastwirtin werden?«

»Nein. Ist etwas passiert?«, fragte Charlotte.

Roth erkannte die aufblitzende Sorge in Charlottes Zügen und auch, dass sie diese schnell verdrängte.

»Papa ist heute Morgen auf der Treppe ausgerutscht. Er hat sich den Rücken verletzt, und der Arzt hat gesagt, er muss mindestens eine Woche lang liegen bleiben. Mama ist bei Tante Theo und hilft ihr, weil sie ein Baby bekommen hat. Mein älterer Bruder Aaron ist losgezogen, um sie zu holen, aber er wird nicht vor morgen zurück sein.« Daphne holte tief Luft, bevor sie weitersprach. »Mama kocht meistens, aber Aaron hat das übernommen – er will Koch in London werden – und er sollte sich während der zwei Wochen, die sie weg ist, um alle Mahlzeiten kümmern. Aber jetzt ist keiner von beiden hier.«

Charlotte nickte weise. »Ich verstehe. Was machst du heute Abend zum Essen?«

»Aaron hatte etwas geplant ... ich weiß es gar nicht mehr.« Daphne schüttelte den Kopf und ließ zu, dass die Sorge, die sie zweifellos in sich trug, sich in ihrem Stirnrunzeln zeigte. »Aber als Papa heute Morgen gestürzt ist und sie beschlossen haben, dass Aaron unsere Mutter holen soll, hat er Anweisungen für einen einfachen Eintopf mit Brot hinterlassen. Nur ist Molly, das Küchenmädchen, erst seit einem Monat hier, und sie weiß nicht, wie man so große Mengen an Essen zubereitet. Der Eintopf riecht, als wäre er angebrannt. So etwas kann ich den Gästen nicht servieren!«

Während sie sprach, hatte sich Daphnes Tonfall verschärft, und sie hatte immer schneller gesprochen. Auch ihre Augen waren noch etwas größer geworden.

»Zumal einer von ihnen ein Graf sein könnte!«, fügte sie mit einem Anflug von echter Verzweiflung hinzu.

Pustekuchen. Roth hatte eine Nachricht vorausgeschickt, um sein Zimmer zu reservieren. Allerdings war er jetzt als Ludlow hier, nicht als Earl of Rotherham. »Zufälligerweise hat der Earl seine Reservierung an mich weitergegeben. Ich hätte es unten erwähnen sollen.«

Erleichterung huschte über Daphnes junges Gesicht. »Wirklich?«

»In der Tat. Sie brauchen sich keine Sorgen zu machen, dass er kommt.«

»Wie viele Gäste hast du zum Abendessen?«, fragte Charlotte.

»Achtzehn.«

»Das ist eine stattliche Zahl, aber überschaubar. Wenn du mir erlaubst, in der Küche zu helfen, würde ich mich freuen.«

Roth wandte seine Aufmerksamkeit Charlotte zu. Sie wollte kochen? So viel zu seinen Plänen für eine ausgiebige Verführung beim Baden. Roth hatte aus Daphnes Frage von vorhin und der Art und Weise, wie sie sie gestellt hatte, geschlossen, dass ein Bad eine Belastung sein würde. Jetzt, da er die Einzelheiten ihrer misslichen Lage kannte, konnte er den Grund dafür verstehen.

»Das würden Sie tun?« Daphne schien nicht gerade überzeugt.

»Sicherlich. Ich weiß, wie es ist, wenn etwas Unerwartetes eintritt. Unsere Köchin ist einmal vom Pferd gefallen, und wir waren zwei Wochen lang ohne sie.«

Daphne sah Charlotte an, als wäre sie ein Engel, den ihr der Himmel geschickt hatte.

»Dann wissen Sie genau, wie Sie helfen können. Oh, danke, Mrs. Ludlow.«

Der Name rüttelte Charlotte auf. Sie hatte ein schlechtes Gewissen, weil sie so tat, als wäre sie seine Frau, obwohl sie diese Rolle niemals einnehmen könnte – wenn er sie überhaupt wollte. Ihr Schuldgefühl, so wurde ihr klar, rührte daher, dass sie ihm die Wahrheit vorenthalten hatte. Noch nie hatte sie jemandem davon erzählt, und zum ersten Mal geriet sie in Versuchung. Doch das Risiko war einfach zu groß.

Und was war mit der möglichen Belohnung?

Charlotte ignorierte diese Frage in ihrem Hinterkopf und konzentrierte sich wieder auf das, was anstand: Daphne zu helfen. »Lass mich den Straßenstaub abwaschen und dann komme ich gleich nach unten.«

»Ja, natürlich. Kommen Sie einfach durch den Speisesaal, dort finden Sie die Küche.« Daphne hastete zur Tür und drehte sich dann kurz zurück. »Ich danke Ihnen vielmals.«

Nachdem sie gegangen war, wandte sich Charlotte an Roth. »Ich hoffe, du verstehst, warum ich helfen musste.«

»Wie du sagtest, hast du dich selbst in ihr gesehen. Ich bin von deiner Güte inspiriert. So sehr, dass ich mit dir kommen werde.«

Sie starrte ihn an. »In die Küche?«

»Dort wird gekocht, nehme ich an.«

»Was in aller Welt willst du tun?« Sie schüttelte den Kopf. »Ich meine, weißt du überhaupt, was du dort zu tun hast?«

»Nicht ganz, aber ich war schon einmal in einer Küche. Ich habe sogar schon Toast gemacht.« Die Köchin hatte es ihm beigebracht, als er acht war. Seitdem hatte er dies genau viermal wiederholt.

Charlotte hielt sich die Hand vor den Mund und unterdrückte ein Kichern. »Nun, dann sollst du für das Brot zuständig sein.« Sie neigte den Kopf zur Seite und ernüchterte. »Bist du sicher, dass du das tun willst?«

»Wenn wir so viel Zeit wie möglich miteinander verbringen wollen, bleibt mir wohl keine andere Wahl.« Als sie eine Grimasse zog, fügte er hinzu: »Ich bin gerne bereit, meinen Beitrag zu leisten.«

»Du überraschst mich«, murmelte sie. »Ich frage mich die ganze Zeit, warum du dich mit mir abgibst, und jetzt bietest du mir an, in der Küche eines Gasthauses zu helfen.«

Die von ihr gemachte Andeutung gefiel ihm nicht. »Denkst du, das ist unter meiner Würde? Dass ... du unter meiner Würde bist?«

»Ich bin die Tochter eines Gastwirts und du bist ein Earl. Du kannst nicht so tun, als stammten wir aus ähnlichen Verhältnissen oder hätten einen ebenbürtigen Platz in der Gesellschaft.«

Nun, er konnte viele Dinge heucheln, doch er begriff, was sie zum Ausdruck bringen wollte. »Das hat für mich nie eine Rolle gespielt.«

Ihr Blick traf den seinen, und eine lange Zeit herrschte Schweigen zwischen ihnen. Schließlich verzog sie den Mund, und meinte: »Oh.« Ihre Wangen erröteten auf bezaubernde Weise, bevor sie sich umdrehte und in das Ankleidezimmer ging.

Roth folgte ihr, fest entschlossen, alles zu tun, um zu helfen. Da ihre gemeinsame Zeit begrenzt war, wollte er jeden Moment mit ihr verbringen. Selbst wenn das bedeutete, in einer Küche zu schuften.

~

Mit einer grauen Schürze bekleidet hatte Roth auf Charlottes Empfehlung gehört und seinen Frack oben gelassen. Die in der Küche herrschende

Hitze ließ ihn allerdings wünschen, er hätte auch auf Krawatte und Weste verzichtet.

Nach einer Unterhaltung mit dem Küchenmädchen verkündete Charlotte: »Es gibt Steaks, eingelegten Fisch, Kraut, Kartoffeln, Brot und ...« Sie blickte noch einmal zu dem Küchenmädchen. »Gibt es eine Nachspeise?«

»Aaron hat einen Pudding gekocht, und der dampft schon seit ein paar Stunden.« Das Dienstmädchen neigte den Kopf in Richtung eines Topfes auf einem der vier Herde.

»Hast du den Wasserstand im Auge behalten?«, fragte Charlotte, während sie zum Herd ging.

»Ähm, nein?« Das zierliche Dienstmädchen mit dem dunkelblonden Haar und den blauen Augen rang die Hände.

»Es ist alles in Ordnung, Molly. Vielleicht ist er noch zu retten.« Charlotte schenkte dem Mädchen ein ermutigendes Lächeln. »Hol etwas Wasser, das ich in den Topf mit dem Pudding füllen kann.«

Molly eilte davon, und Roth kam zu Charlotte. »Ist er ruiniert?«, flüsterte er.

»Kann schon sein. Auf jeden Fall reicht er nicht für achtzehn Gäste, also müssen wir einen Kuchen backen. Wie steht es mit deinen Backkünsten?« Sie schenkte ihm ein schiefes Lächeln.

»Ich nehme an, Kuchen ist so ähnlich wie Toast?« Roth antwortete mit einem Grinsen.

»Es muss doch irgendwo ein Rezeptbuch geben.«

»Da drüben liegt es.« Eine neue Stimme, die einem Jungen gehörte, veranlasste Roth und Charlotte, sich vom Gastraum aus in Richtung des Kücheneingangs umzudrehen. Er war etwa zehn Jahre alt und besaß einen dichten Schopf dunklen Haares, der dringend gestutzt werden musste. »Auf dem Regal in der Ecke.«

»Danke«, sagte Charlotte. »Du bist ...?«

»Oliver. Meine Schwester sagte, ich solle Ihnen helfen.«

Er schnitt eine Grimasse und streckte die Zunge heraus. »Ich würde lieber im Stall arbeiten, aber sie sagte, ich würde hier mehr gebraucht. Ich weiß nicht, warum. Ich kann nicht kochen.«

»Das kann ich auch nicht!«, meinte Roth vergnügt. »Aber ich kann Anweisungen befolgen. Kannst du das?«

Oliver nickte, wenn auch mürrisch.

Charlotte ging zu ihm hinüber. »Ich bin dankbar, dass du hier bist, Oliver. Wie Mr. Ludlow sagte, weiß er auch nicht, wie man kocht. Derjenige von euch, der sich am schnellsten bewegt und am meisten leistet, soll später das erste Stück Kuchen bekommen.«

Oliver kniff die Augen zusammen, als er ihr Angebot betrachtete. »Was für ein Kuchen?«

»Das weiß ich noch nicht.« Sie wandte sich an Roth. »Holst du das Rezeptbuch?«

Roth ging zu der Ecke, um das Buch zu holen, das er dann Charlotte reichte. »Das ist eine Aufgabe für mich.« Er warf Oliver einen süffisanten Blick zu, in der Hoffnung, dass das Versprechen eines Wettbewerbs ihn zu mehr Enthusiasmus ermutigen würde.

»Darf ich den Kuchen aussuchen?«, fragte Oliver schnell und schnappte Charlotte das Buch weg. »Das wird eine Aufgabe für *mich* sein.« Er reckte sein Kinn zu Roth hinauf.

Roth verschluckte ein Lachen und bemerkte, dass Charlotte dasselbe tat. Zu ihrer Ehre schien es sie nicht zu stören, dass der Junge ihr das Buch entriss.

»Ja, bitte wähle den Kuchen«, sagte Charlotte. »Wir müssen nur sicherstellen, dass wir alle die Zutaten haben.«

»Ich muss mir das Buch nicht ansehen«, verkündete Oliver. »Savoykuchen ist mein Lieblingskuchen.«

»Wunderbar. Kannst du nachsehen, ob es im Buch ein Rezept dafür gibt?«

Oliver ging zum Arbeitstisch in der Mitte der Küche und

legte das Buch ab, während er in den handgeschriebenen Seiten blätterte. Molly kam mit dem Wasser zurück, und Charlotte wies sie an, es in den Topf zu gießen, bis er zur Hälfte gefüllt war.

»Sollte das Wasser nicht schon kochen?«, fragte Roth.

Charlotte schaute ihn überrascht an. »Ja, aber das habe ich nicht gesagt, und Molly wusste es offenbar auch nicht. Du erweist dich schon jetzt als ein Naturtalent in der Küche, was ich von mir nicht behaupten kann.«

»Wie meinst du das?«

»Ich, nun, meine Fähigkeiten sind in der Küche nicht gerade glänzend. Aber es geht nicht anders.« Sie zuckte mit den Schultern. »Wir werden es schon schaffen.«

»Vielleicht solltest du mit Daphne den Platz tauschen«, schlug Roth vor.

Charlotte schüttelte entschieden den Kopf. »Auf keinen Fall. Daphne hat wahrscheinlich das Bedürfnis, in der Abwesenheit ihres Vaters die Verantwortung zu übernehmen. Ich weiß, dass ich es tun würde. Sie würde sich hier in der Küche gefangen fühlen und nur daran denken, was da draußen passiert.« Charlotte gestikulierte in Richtung des Esszimmers.

»Du klingst, als ob du aus Erfahrung sprichst.«

»Das tue ich.«

»Eine Frau, die gern das Kommando führt. Das gefällt mir.« Er wollte nicht anzüglich klingen, doch er bemerkte, dass genau das eingetreten war.

Charlotte sah mit hochgezogener Augenbraue zu ihm auf.

»Ich hab's gefunden!«, rief Oliver.

»Ausgezeichnet.« Charlotte stellte sich neben den Jungen. »Kannst du die Zutaten zusammensuchen?«

Er nickte und warf Roth einen triumphierenden Blick zu. Dann machte er sich auf den Weg, vermutlich in die Speisekammer.

Charlotte wandte sich an das Dienstmädchen. »Molly, du wirst dich an der Zubereitung des Kuchens versuchen. Ich bin hier, wenn du Fragen hast, und du wirst dich regelmäßig bei mir melden müssen, denn es gibt einige entscheidende Momente, wie das Trennen von Eiklar und Eigelb, das Schlagen des Eiweißes und das Unterrühren aller Zutaten, um sicherzustellen, dass alles richtig vermischt ist.«

Molly kaute auf ihrer Lippe. »Das klingt schwierig.«

»Das kann es auch sein, aber wir werden methodisch vorgehen, und obwohl wir es eilig haben, werden wir nichts überstürzen.« Charlotte tätschelte dem Mädchen die Schulter. »Nun, hast du ein Auge auf das Brot gehabt?«

»Welches Brot?« Roth blickte sich um. »Ich dachte, das wäre meine Aufgabe.«

»Wir wären in echten Schwierigkeiten, wenn es noch nicht angesetzt wäre«, entgegnete Charlotte mit einem Lachen. »Der Teig ist dort drüben und geht neben dem Ofen auf.«

»Wie kann ich dann Oliver schlagen, wenn meine Arbeit schon getan ist?«, fragte Roth mit gespielter Entrüstung.

»Es ist bald zum Backen bereit und dafür zu sorgen, dass es nicht anbrennt, ist eine deiner Aufgaben. Jetzt brauche ich dich zum Kartoffelschälen.«

Roth straffte das Rückgrat. »Ja, Madam. Wo finde ich diese?«

»Geh dorthin, wo Oliver hingegangen ist. Ich suche dir ein Messer.«

Die Zeit verstrich wie im Fluge, als er sich an die Arbeit machte und jeder von ihnen eine Anweisung von Charlotte entgegennahm. Daphne schaute ab und zu herein und half ihnen, wenn sie konnte.

Oliver hatte die Steaks braten wollen, doch Charlotte entgegnete, dass er für den Kohl gebraucht würde, den er im Auge behalten sollte, damit er nicht zu Brei zerkochte. Als er

Einwände erhob, hatte Charlotte ihm versichert, dass der Kohl eine weitaus schwierigere und damit wichtigere Aufgabe war.

Jetzt half sie Roth zu entscheiden, wie die Steaks gewürzt werden sollten, ehe sie sie in die Pfannen über dem Feuer legen würden, das im Gegensatz zu den Herden tatsächlich eine offene Flamme hatte.

»Mein Vater hat immer Salz und Rosmarin darauf gestreut«, meinte Charlotte.

»Dein Vater hat gekocht?«

»Nicht oft, aber wenn, dann nur für uns beide.« Charlottes Lächeln war so charmant, dass Roth den Blick nicht von ihr abwenden konnte.

»Du hast gute Erinnerungen an ihn, nicht wahr?«

»Das habe ich, und ich gestehe, dass der heutige Abend sie alle wieder zurückbringt. Ich hatte nicht erkannt, wie sehr ich ihn vermisst hatte – und dies. Nun, nicht den Teil mit dem Kochen«, fügte sie trocken hinzu.

Sie würzten die Steaks und legten die erste Ladung auf die Pfannen. Roth fand eine Zange, die sich zum Wenden eignete. »Wie lange müssen sie auf jeder Seite braten?«

Charlotte sog die Luft ein und schürzte die Lippen, während sie über seine Frage nachdachte. »Bis sie fertig aussehen?«

Roths Lachen wurde von einem schmerzerfüllten Japsen unterbrochen, das von Oliver kam.

Charlotte eilte zu dem Jungen hinüber und fragte: »Was ist passiert?«

Roth schaute zu Oliver hinüber und erkannte, dass dieser die Hand in den Mund gesteckt hatte. Er murmelte etwas, aber Roth konnte ihn nicht verstehen.

»Missgeschicke passieren uns allen«, meinte Charlotte, ehe sie ihren Kopf zu Molly drehte, die sich um die Kartoffeln kümmerte. »Gibt es irgendwo kühles Wasser?«

»Auf dem Schrank da drüben.« Molly deutete auf die gegenüberliegende Wand, an der Charlotte mit Oliver stand.

»Ich hole es«, erbot sich Roth und beeilte sich, den Krug herbeizuschaffen.

»Bring auch ein Tuch«, rief Charlotte ihm nach, während sie ihre Hand in beruhigenden Kreisen über Olivers Rücken führte.

Roth nahm den Krug und drehte sich in die andere Richtung, um ein Tuch zu finden – er dachte, er hätte eines auf dem Arbeitstisch gesehen. Bei seiner raschen Drehung blieb er allerdings mit dem Fuß an einem Tischbein hängen und verlor das Gleichgewicht. Die Zange und der Krug flogen durch die Luft, als er den Sturz abzufangen versuchte.

Er hörte den Tonkrug zerbersten und die Zange auf dem Boden klappern, als er auf seinen Händen landete. Schmerz schoss durch seine Handflächen und seine Knie, die ebenfalls auf dem Steinboden aufschlugen.

»Ist alles in Ordnung?«

Er erkannte Charlottes Stimme und sie klang besorgt. »Bestens. Es tut mir leid um den Krug.«

»Ich hole mehr Wasser«, erbot sich Molly.

Roth stemmte sich hoch und machte sich den Tisch zunutze, um sich abzustützen. Als er sich aufrichtete, zog er das Gesicht zu einer Grimasse. »Das war sehr ungeschickt von mir.«

»Jetzt sind wir beide verletzt, also ist es wieder gerecht«, meinte Oliver, der offenbar noch darauf bedacht war, den Wettbewerb zu gewinnen.

Roth konnte sich ein Schmunzeln nicht verkneifen und erkannte, dass auch Charlotte versuchte, nicht zu lächeln.

Molly kehrte mit einem weiteren Krug Wasser zurück, den sie neben Charlotte abstellte. Dann holte sie ein Tuch, das sie ihr reichte, ehe sie sich geschwind wieder den Kartoffeln widmete. »Mr. Ludlow, Sie sollten nach den Steaks sehen.«

Roth unterdrückte einen Fluch, als er sich wieder zurück an den Herd begab. Verdammt, die Zange lag auf dem Boden. Er ging ein paar Schritte zurück und fand das Utensil, dann erstarrte er.

Musste er sie erst säubern? Sie hatte auf dem Boden gelegen. Wie konnte er das überhaupt tun?

»Wische sie einfach ab«, riet Charlotte, als könne sie seine Gedanken lesen. Sie hatte das Tuch angefeuchtet und legte es Oliver nun um die Hand, während sie den Kohl umrührte.

»Dort drüben auf dem Regal neben den Schüsseln liegt noch ein Tuch«, bemerkte Molly.

Als Roth den Kopf drehte, erkannte er, was sie meinte. Er holte das Tuch und wischte die Zange auf seinem Weg zu den Steaks ab. Er wendete das Fleisch, weil er befürchtete, dass es angebrannt sein könnte, was aber nicht der Fall war. Eines sah ... ein wenig dunkel geraten aus, aber das würde hoffentlich in Ordnung sein. Er war sich sicher, dass er schon einmal ein Steak gegessen hatte, das genauso ausgesehen hatte.

Er hoffte nur, dass es auch gut schmeckte. Das *Oak and Ash* war für sein köstliches Essen bekannt, und er wollte dessen Ruf nicht besudeln.

Jetzt, da er wusste, dass die Steaks kein Feuer gefangen hatten, richtete er seine Aufmerksamkeit wieder auf Charlotte und Oliver. Sie murmelte ihm etwas zu, und der Junge lächelte. Dann sprach er mit ihr über Pferde und seinen Vater.

Roth musste lächeln, als er die beiden beobachtete. Sie war vielleicht kein Naturtalent als Köchin, aber sie sah aus, als sei sie zur Mutter geboren.

Roths Herz machte einen Satz. Er dachte nicht daran,

sich ein zweites Mal zu verlieben. Er hatte sich sogar tatkräftig gegen diese Gefahr gewehrt, sich sein Herz ein weiteres Mal brechen zu lassen.

Je mehr Zeit er jedoch mit Charlotte verbrachte, umso mehr fühlte er sich von ihr eingenommen. Heute Abend, während sie in dieser Küche in ihrem Element war und sich nun um Oliver kümmerte, fiel es Roth verdammt schwer, seine Gefühle vollkommen zu verbergen.

Dennoch musst er das. Abgesehen davon, sich selbst schützen zu wollen – und zu *müssen*, hatte sie ihm klar und deutlich gesagt, dass sie nicht noch einmal heiraten wollte.

Charlottes Lachen unterbrach seine Gedanken. Oliver lachte auch. Sie sah zu Roth hinüber, und ihre Blicke trafen sich. Ihr Lachen erstarb, doch ihr Lächeln blieb.

Bestünde vielleicht die Möglichkeit, dass sie ihre Meinung im Hinblick auf eine Heirat ändern würde? Wagte er überhaupt das zu fragen?

Nein, das Risiko konnte er nicht eingehen, zumal er wusste, dass sie zufrieden war, unverheiratet zu bleiben. Er hatte schon einmal eine Frau geehelicht, die ihn nicht hatte haben wollen. Ganz bestimmt musste er im Rausch ihrer leidenschaftlichen Anziehung nicht noch eine heiraten, um seinen Entschluss dann später möglicherweise bereuen zu müssen.

So blieb ihm nur die immer weiter schwindende Zeit, die sie noch hatten. Er würde sich bemühen, jeden Augenblick davon in vollen Zügen auszukosten.

»Roth, eines der Steaks raucht mehr, als es wahrscheinlich sollte«, bemerkte Charlotte.

Leise fluchend lenkte Roth die Aufmerksamkeit wieder seiner Aufgabe zu. Trotz allem lächelte er, denn er wollte nicht, dass dieser Abend zu Ende ging.

KAPITEL 9

Charlotte hatte den letzten Bissen ihres lang erwarteten Abendessens heruntergeschluckt und seufzte beinahe. Es fühlte sich so gut an, sich setzen zu können. Und nach dem Essen satt zu sein. Noch immer konnte sie nicht so recht glauben, dass der Mann auf der anderen Tischseite einen ganzen Abend mit ihr in der Küche eines Gasthauses verbracht hatte.

»Wer hätte geglaubt, dass ich ein Steak passabel braten kann?« Roth lehnte sich auf seinem Stuhl zurück und hob sein Weinglas. Er trank einen großen Schluck Madeira.

»Es war mehr als passabel.« Charlotte tupfte sich mit einer Serviette über die Lippen und lehnte sich zurück. Auch sie hob ihr Weinglas und trank einen Schluck. Nachdem sie geschluckt hatte, fügte sie hinzu: »Das ist vielleicht der beste Madeira, den ich je gekostet habe.«

»Es ist ein Terrantez, der irgendwo zwischen trocken und süß liegt. Das ist meine Lieblingssorte unter den Madeira-Weinen. Ich mag den vollmundigen Geschmack und finde, dass er sehr gut mit dem Fleisch harmoniert.«

»Du hörst dich wie ein Weinkenner an.«

Er zuckte mit den Schultern und stellte das Glas wieder auf den Tisch. »Mein Vater besaß einen großen Weinkeller, und ich trinke noch immer davon.«

»Nun, es ist köstlich, und dein Steak war es auch.«

»Das war der Rosmarin«, entgegnete Roth mit einem Augenzwinkern.

Lachend wandte sie den Blick ab, als Daphne, Molly und Oliver in den Gastraum kamen. Molly trug einen Teller mit dem Savoykuchen, den sie beschlossen hatten, den Gästen nicht zu servieren. Charlotte war besorgt, dass er zu lange gebacken und vielleicht zu trocken geworden war. Sie hatten den Pudding serviert und in der Speisekammer noch etwas Kuchen von gestern gefunden.

Molly platzierte den Kuchen auf dem Tisch, und Daphne stellte die Teller und Utensilien ab, die sie trug. Oliver ließ sich auf einen Stuhl neben Charlotte gleiten und gähnte. Daphne und Molly setzten sich auf Roths Tischseite.

»Du hast sehr hart gearbeitet, Oliver«, sagte Charlotte. »Sogar nachdem du dich verbrannt hast. Ich bin stolz auf dich.«

Er zeigte ihr die Seite seiner Hand, wo ein schwacher roter Streifen seine Haut verunzierte. »Jetzt tut es kaum noch weh.«

»Da bin ich aber froh.« Sobald sie einen Moment Zeit gefunden hatte, war sie bei ihrer Suche nach einer Salbe in einem Küchenregal fündig geworden, die sie dann aufgetragen hatte. Danach hatte sie den Knaben mit leichteren Aufgaben betraut.

»Bist du bereit für das erste Kuchenstück?«, fragte sie ihn.

Sein Gesicht hellte sich auf, als er sie überrascht anschaute. »Ich habe gewonnen?«

»Natürlich«, versicherte Charlotte ihm. »Du hast deiner Verbrennung getrotzt und weiter geholfen.«

»Aber Mr. Ludlow ist hingefallen, und er hat auch weitergemacht.« Oliver sah zu Roth hinüber, der ihn anlächelte. Sie hatten ob ihrer Verletzungen ein Band geknüpft, als den Gästen das Abendessen serviert worden war und sie endlich einen Moment Ruhe fanden.

»Ja, nun, eine Verbrennung ist schlimmer als ein Sturz«, befand Roth. »Das erste Stück hast du dir verdient.«

»Sie müssen das zweite bekommen«, beharrte Oliver.

»Wenn Mrs. Ludlow einverstanden ist.« Roth warf ihr einen neckenden Blick zu.

Charlotte zog daraufhin eine Augenbraue in die Höhe. Als sie das erste Stück anschnitt, fragte sie sich, ob sie sich in dem Kuchen getäuscht hatte. Er schien doch nicht zu trocken zu sein. Sie legte die Portion auf einen Teller, den sie vor Oliver hinstellte.

Er nahm seine Gabel in die Hand, wobei er aber Charlotte ansah. »Keine Sorge, ich werde keinen Bissen essen, bis nicht jeder ein Stück bekommen hat.«

»So gute Manieren«, lobte Charlotte anerkennend. Sie richtete den Blick auf Daphne. »Das musst du eurer Mutter und eurem Vater sagen.«

»Oh, ich habe vergessen, Ihnen auszurichten, dass mein Vater sich bei Ihnen bedankt. Er ist sehr dankbar für Ihre Hilfe und besteht darauf, dass Sie weder für Ihre Unterkunft noch für Ihre Mahlzeiten bezahlen.«

»Das ist sehr großzügig von ihm«, meinte Roth.

Charlotte reichte ihm einen Teller mit dem nächsten Stück. Sie würde ihm später sagen, dass sie Mr. Jameson unbedingt bezahlen müssten.

Sie schnitt ein drittes Stück ab und beförderte es auf einen Teller. »Ich freue mich nur, dass die Gäste so verständnisvoll waren.«

Daphne nahm die Portion mit einem Nicken entgegen. »Sie waren sehr freundlich, was unsere Umstände angeht. Ich hatte schon befürchtet, dass eine Dame sich darüber aufregen würde, dass wir nicht so viele Gerichte wie sonst haben. Aber sie hat sich nicht beschwert. Vielleicht lag es daran, dass sie zu sehr mit dem Trinken des Madeiras beschäftigt war.«

»Das denke ich auch«, sagte Roth lachend. »Er ist fast beschämend gut. Ich wage zu behaupten, dass wir ihnen Stroh aus dem Stall hätten servieren können, und der Wein hätte es akzeptabel gemacht.«

Nachdem sie Molly einen Teller mit Kuchen gereicht hatte, schnitt Charlotte ihr eigenes Stück ab, und alle aßen davon.

Einen Moment herrschte Schweigen, als sie alle ihren ersten Bissen probierten. »Der ist überhaupt nicht trocken«, stellte Roth fest und teilte mit der Gabel einen weiteren Bissen ab. »Er ist köstlich.«

Molly nickte. »Das ist er.« Sie klang ganz verblüfft.

»Du hast das Eiweiß hervorragend geschlagen.« Charlotte hatte gedacht, dass sie ihr helfen müsste, aber Molly hatte eine erstaunliche Kraft und Gewandtheit für ein Mädchen von ihrer zierlichen Statur bewiesen. Sie hatte sich schnell und zielstrebig in der Küche bewegt und war im Verlauf des Abends immer sicherer geworden.

Charlotte suchte Daphnes Blick. »Du musst deinen Eltern unbedingt erzählen, wie wunderbar Molly sich heute Abend geschlagen hat. Sie wird ihnen noch lange Zeit eine Stütze sein.« Charlotte lächelte das junge Dienstmädchen an, das sehr errötete und dann eifrig ihren Kuchen aß.

»Darf ich noch ein Stückchen haben?«, fragte Oliver.

Roth blickte auf seinen Teller. »Du bist schon fertig?«

»Oje, ich hätte dir sagen sollen, dass du nicht so schnell essen sollst«, meinte Charlotte. »Warte ein paar Minuten, und wenn du dann immer noch mehr willst, kannst du noch ein *kleines* Stückchen haben.«

Sie hatte erwartet, dass er widersprechen würde, aber er nickte und löffelte mit der Gabel einen letzten Krümel.

Daphne und Molly aßen ihren Kuchen auf, und Daphne erhob sich. »Kommt, wir wollen die Ludlows in Frieden lassen. Immerhin sind sie unsere Gäste. Oliver, du kannst noch mehr Kuchen in der Küche essen, wenn du willst. Aber du musst die schmutzigen Gabeln tragen.«

Er sprang auf, um ihr zu gehorchen, und huschte in die Küche. Molly nahm den Kuchen, und Daphne hob ihre drei Teller an – Charlotte und Roth aßen noch.

»Sie haben an einem Abend irgendwie Eindruck auf ihn gemacht«, meinte Daphne. »Ich wünschte, Sie könnten bleiben.« Sie lächelte Charlotte an, und dann ging sie, um die beiden allein zu lassen.

Sobald Daphne fort war, schaute Charlotte zu Roth hinüber. »Du wirst Mr. Jameson aber trotzdem bezahlen, nicht wahr? Gasthäuser sind nicht so profitabel, wie man glauben mag, jedenfalls nicht ohne exorbitante Preise zu verlangen, was viele Gastwirte tun.«

»Dein Vater hat das nicht getan, möchte ich wetten.« Roth verspeiste den letzten Bissen seines Kuchens und stellte den Teller beiseite.

»Das hat er nicht. Er hat auch kein Wasser in das Ale getan oder Speisen vom Vortag aufgewärmt. Abgesehen von Kuchen«, fügte sie mit einem Lächeln hinzu, damit er nicht dachte, es sei unrecht von Mr. Jameson, Essen von gestern aufzubewahren.

»Ich fand die Kuchen köstlich.« Roth und Oliver hatten sich bereit erklärt, sie zu probieren, um sicherzustellen, dass sie für die Gäste akzeptabel waren.

»Ja, es gibt einiges, das man am nächsten Tag servieren kann, aber aufgewärmten Fisch, zum Beispiel, würden wir niemals zulassen.«

Roth rümpfte die Nase. »Das hört sich nicht appetitlich

an. Was habt ihr mit Essen gemacht, das nicht gegessen wurde?«

»Nun, an manchen Abenden gab es ein größeres Festmahl als an anderen, denn unsere Mahlzeiten richteten sich in der Regel nach den Vorräten in der Speisekammer. Es ist eine Herausforderung, genügend Essen für die Gäste zuzubereiten und dabei nicht zu viel Abfall zu produzieren. Oder überhaupt Abfall. Das alles wirkt sich auf die Einnahmen des Gasthauses aus. Deshalb musst du Mr. Jameson für unseren Aufenthalt bezahlen.« Sie bemerkte, wie fordernd das klang, und sie konnte und *wollte* keine Forderungen an Roth stellen. »Oder ich kann bezahlen.«

»Um Himmels willen, nein.« Er klang fast entsetzt über die Vorstellung, dass sie zahlen sollte. »Ich frage mich, warum du den Gasthof deines Vaters nicht übernommen hast, als er krank wurde.«

»Ich war zu jung, erst siebzehn. Und ich musste mich um ihn kümmern. Wir zogen in ein kleines Häuschen, das für den Kaplan der Pfarrei gedacht war. Damals gab es keinen Kaplan, und der Vikar lud uns ein, dort zu wohnen, als es mit meinem Vater bergab ging.«

Roths Gesichtszüge wurden weicher. »Das war sehr großherzig vom Vikar.«

»Er war außerordentlich freundlich und großzügig. Und da ich während meiner Studien so viel Zeit mit ihm verbracht hatte, war er wirklich wie ein Familienmitglied.«

»Dein Vater war klug und hat gut daran getan, dafür zu sorgen, dass du das hattest. Er scheint ein wunderbarer Mann gewesen zu sein.«

»Ich hatte wirklich Glück. Nun, bis er starb, als ich achtzehn war.« Der Schmerz, über seinen Verlust lag jetzt mehr als zehn Jahre zurück, aber er war ihr noch gegenwärtig und würde wahrscheinlich für immer bleiben. Sie fühlte mehr einen Stich als einen tiefen, lähmenden Schmerz. Sie erkannte allerdings, dass sie sich immer noch allein fühlte. »Anschließend bin ich zum Vikar gezogen, dessen oberstes Ziel es dann war, mich zu verheiraten.«

»Und das ist geschehen, ja?«

Charlotte sah auf ihren Teller hinunter und trennte mit der Gabel einen weiteren Bissen Kuchen ab, den sie eigentlich gar nicht mehr wollte. »Ja.« Sie schob sich den Kuchen in den Mund, um nicht noch mehr sagen zu müssen. Was sollte sie auch erzählen? Dass sie sich in einen Gentleman verliebt und mit ihm verlobt hatte, der dann allerdings einige Tage vor ihrer geplanten Hochzeit an einer infizierten Beinverletzung gestorben war?

Wie schön wäre es, die Wahrheit zu sagen, aber wo würde sie dann stehen, nachdem sie die Lüge aufgedeckt hatte, die ihr Leben im letzten Jahrzehnt gewesen war?

»Was ist mit deinem Mann passiert?«, fragte Roth, dessen Blick aufmerksam und fürsorglich war.

Sie sehnte sich danach, sich ihm anzuvertrauen, doch welchen Sinn hätte das? Sie schluckte den Bissen hinunter und schob dann den Teller beiseite. »Er starb kurz nach unserer Hochzeit. Ich hielt es für das Beste, irgendwo einen Neuanfang zu machen, und zog nach Birmingham. Was ist mit deiner Frau geschehen?« Sie stellte die Frage zwar, um das Gespräch von sich abzulenken, doch andererseits wollte sie es wirklich wissen.

Jetzt war es Roth, der den Blick von ihr abwandte. Er rutschte auf seinem Stuhl umher. Hatte sie genauso unbehaglich gewirkt, als er sie nach ihrem Mann gefragt hatte?

»Ich habe sie sehr geliebt, aber sie, ähm, hatte dieses Gefühl nicht erwidert. Sie litt kurz an einer Krankheit und starb dann. Für unsere Töchter war es sehr schwer, aber nun sind fünf Jahre vergangen, und ich glaube nicht, dass sie noch starke Erinnerungen an ihre Mutter haben.«

Das mutete Charlotte traurig an, doch noch bevor sie ihm

ihr Mitgefühl aussprechen konnte, meinte er: »Du hättest Mutter werden sollen. In dieser Rolle scheinst du ein Naturtalent zu sein.«

Seine Worte drangen direkt bis zu ihrem Herzen in sie. Ihre Kehle schnürte sich zusammen. Sie glaubte nicht, sprechen zu können. Also deutete sie ein Gähnen an und hob rasch die Hand, um ihren Mund zu bedecken.

»Du bist erschöpft«, stellte er fest, bevor er seinen restlichen Wein austrinken konnte. »Wir sollten zu Bett gehen.«

»Das musst du auch sein«, erwiderte Charlotte. »Müde, meine ich. Müssen wir früh aufstehen, um nach Hereford zu gelangen?«

»Nicht so sehr. Solange das Wetter hält, sollte es eine unkomplizierte Fahrt werden.«

Charlotte trank ihren Wein aus und stand dann auf. Ehe sie ihren Teller aufheben konnte, hatte Roth schon danach gegriffen und ihn auf seinen eigenen gestellt.

»Wir können das in der Küche abstellen«, meinte Charlotte.

Er nickte, und sie folgte ihm den Korridor entlang, der zur Küche führte. Ein zweiter Korridor zweigte von dort ab, der zu den Wohnräumen des Gastwirts führte. Charlotte konnte sich nur zu gut vorstellen, wie schwer es für Mr. Jameson sein musste, im Bett zu bleiben, während sich seine jungen Kinder um alles kümmerten. Sie wollte ihm versichern, wie stolz er auf sie sein sollte, und dass er sich keine Sorgen zu machen brauchte.

Daphne wischte gerade den Arbeitstisch ab, während Molly in der Spülküche Krach machte. Charlotte hätte ihnen beinahe ihre Hilfe beim Saubermachen angeboten, aber sie war wirklich hundemüde. Roth nahm ihr Weinglas und verschwand dann mit dem Geschirr in der Spülküche.

Als sie sich nach irgendeiner kleinen Aufgabe umschaute, die es rasch zu erledigen gab, sah Charlotte, dass

Oliver auf einem Stuhl neben der Speisekammer zusammengesunken war. Er war fest eingeschlafen. Lächelnd ging sie zu ihm hinüber und fragte sich, ob sie ihn ins Bett tragen sollte.

Roth kehrte zurück und nahm ihr die Entscheidung ab. Er hob den Jungen auf seine Arme und fragte Daphne leise, wohin er ihn bringen sollte.

»Ich zeige es Ihnen«, entgegnete Daphne, legte ihr Tuch beiseite und kam um den Arbeitstisch herum.

Roth begegnete Charlottes Blick und meinte: »Wir sehen uns dann oben.«

Charlotte nickte, als sie ihm zusah, wie er Daphne zurück in den Korridor folgte. Als sie sah, wie umsichtig er Oliver in den Arm nahm und sich erinnerte, wie er den Jungen im Laufe des Abends immer wieder angespornt und ermutigt hatte, bestand für sie kein Zweifel, dass er ein ausgezeichneter Vater sein musste.

»Haben Sie und Mr. Ludlow Kinder?« fragte Molly, womit sie Charlotte aufschreckte.

Sie drehte sich um, damit sie dem Dienstmädchen direkt ins Gesicht sehen konnte. »Nein, das haben wir nicht.«

»Hoffentlich werden Sie die noch haben.« Molly lächelte sie breit an, wobei eine kleine Lücke zwischen ihren beiden Vorderzähnen zum Vorschein kam. »Sie wären hervorragende Eltern. Sie sind so glücklich, so gutherzig und fürsorglich. Ich hoffe, ich habe das Glück, eines Tages einen Ehemann wie Mr. Ludlow zu finden.« Das Dienstmädchen kehrte in die Spülküche zurück.

Ja, sie waren glücklich, allerdings nur vorübergehend. Charlotte spürte die drohende Verzweiflung wie ein Bleigewicht auf ihrer Brust. Das Gefühl drohte, ihr den Atem zu rauben und sie sowohl körperlich als auch seelisch zu lähmen.

Auch Charlotte hatte gehofft, eines Tages einen Ehemann

wie Roth zu finden. Sie hatte ihn ja auch wirklich gefunden. Aber sie würde ihn auch wieder verlassen müssen.

Bestand die Möglichkeit, ihn zu heiraten? *Wenn* er sie wollte – denn das war ein wichtiger Aspekt.

Verschiedene Möglichkeiten schossen Charlotte durch den Kopf, als sie sich auf den Weg die Treppe hinauf zu ihrer Suite machte. Sie würde ihm alles beichten müssen, und was würde das für das von ihr geführte Leben in Birmingham bedeuten? Würde Charlotte Dunthorpe einfach aufhören zu existieren? Das konnte sie nicht. Abgesehen von ihren Freunden, die sie ebenfalls einweihen müsste, konnte sie ihren Haushalt nicht einfach im Stich lassen, insbesondere nicht die jungen Bediensteten, denen sie behilflich war und die sie ausbildete.

All dies klang viel zu umständlich. Zu anstrengend. Und was wäre, wenn alle sie anschließend verachteten und sie am Ende tatsächlich allein dastünde?

Bei alldem hatte sie Lord Sleaford noch gar nicht berücksichtigt. Sie konnte nicht an Sidneys Cousin denken, ohne sich darauf zu besinnen, wie er sie vor zehn Jahren behandelt hatte. Er war wenige Tage vor Sidneys Tod zur Hochzeit in die Stadt gekommen, und Charlotte war ihm bei zwei Gelegenheiten begegnet. Bei beiden hatte Sleaford sie zu eingehend betrachtet – insbesondere ihre Brust – und nach Ausflüchten gesucht, um sie zu berühren. Als er sie am Tag nach Sidneys Tod dann im Pfarrhaus aufsuchte, um ihr sein Beileid auszusprechen, schlug er ihr vor, seine Geliebte zu werden.

Charlotte hatte ihn entsetzt abgewiesen, doch er hatte ihr selbstbewusst versichert, dass sie ihre Meinung noch ändern würde und er dann gern bereit wäre, sie aufzunehmen. Daraufhin hatte er ihr seine Karte überreicht. Als hätten sie ein ganz normales Gespräch geführt, bei dem es sich um irgendeine Art von Geschäft handelte. Es war beleidigend und abstoßend gewesen. Charlotte hatte das Geld genommen, das Sidney ihr gegeben hatte, und war gleich am nächsten Tag nach Birmingham gefahren.

Sie hatte dem Vikar ihr Reiseziel nicht genannt und ihm versprochen, dass sie ihm schreiben würde. Und das hatte sie getan. Sie hatte auch einen Briefwechsel mit der Köchin des *Horse and Harness* geführt. Sie war es, die Charlotte über Lord Sleafords Wut in Kenntnis gesetzt hatte, als er erfuhr, dass Charlotte Newark-on-Trent mit einer großen Summe von Sidneys Geld verlassen hatte. Er hatte sie beschuldigt, es gestohlen zu haben, aber Sidney hatte es ihr gegeben und eine Notiz hinterlassen, in der er seinen Entschluss rechtfertigte. Charlotte hatte Sleaford den Zettel als Beweis dafür vorgelegt, dass Sidney ihr das Geld geben wollte, aber Sleaford hatte sie beschuldigt, ihn gefälscht zu haben. Dann hatte er ihn ins Feuer geworfen. Im Nachhinein betrachtet, hätte sie ihm das Schreiben nicht aushändigen sollen. Oder sie hätte Sidney bitten sollen, ihr einen weiteren zu schreiben, den sie behalten konnte.

Leider war alles so schnell gegangen – Sidneys Verletzung, als er von seinem Pferd gestürzt war und sich dabei das Bein an einem Stein aufgeschlagen hatte, und die anschließende Infektion. Sein Tod war innerhalb weniger Tage eingetreten, was sie nicht erwartet hatten.

Ihre größte Sorge hatte darin bestanden, dass Charlotte ein Kind in sich tragen könnte, denn sie hatten sich nicht bis zur Hochzeitszeremonie geduldet, um ihre bevorstehende Ehe zu vollziehen. Doch in der Zeit, in der er seine Verletzung erlitten hatte und gestorben war, hatten sie nicht mehr rechtzeitig heiraten können, da das endgültige Aufgebot noch nicht verlesen worden war. Zudem hatten inständig gehofft, dass er sich erholen würde.

In der Nacht vor seinem Tod hatte Sidney sie jedoch zu

sich rufen lassen. Er hatte sich entschuldigt, dass er sie wahrscheinlich verlassen würde, und seine Sorge um ihre Zukunft als unverheiratete Frau mit einem unehelichen Kind zum Ausdruck gebracht. Er nahm ihr das Versprechen ab, dass sie weit fortgehen und seinen Namen annehmen würde, als hätten sie geheiratet. Dann hatte er ihr genug Geld gegeben, um ein neues Leben anzufangen und für ihr Kind zu sorgen. Wenn sie sich gefragt hatte, wie sie sich so schnell in Sidney verlieben konnte, so tat sie das anschließend nicht mehr.

Die Drohung, dass Lord Sleaford ihr Sidneys Geld wegnehmen und sie und ihr ungeborenes Kind möglicherweise mit nichts als Schande zurücklassen würde, hatte Charlotte dazu getrieben, sofort zu gehen. Heute würde sie dieselbe Entscheidung treffen, wenn sie dazu gezwungen wäre.

Schon seit einigen Minuten stand Charlotte vor Roths und ihrer Suite. Blinzelnd trat sie ein und ging in das Ankleidezimmer. Dyer hatte ihre Nachtkleider sorgfältig bereitgelegt. Der Kammerdiener hatte den Abend damit verbracht, ihnen zu helfen, wo er konnte. Er hatte Koffer und Kisten für die Gäste getragen und geholfen, den Tisch für das Dinner zu decken. Charlotte hatte noch nicht viel Zeit mit ihm verbracht, aber es war klar, dass er wunderbar war. Das war nicht weiter überraschend, denn er war Roths Kammerdiener.

Als sie ihr Nachtgewand anzog, legte sie ihre Kleidung sorgsam über einen der beiden Kleiderständer, damit sie nicht knitterten. Sie konnte nicht umhin zu bemerken, dass Roths Kleidung von besserer Qualität war als ihre. Auch in dieser Hinsicht lagen Welten zwischen ihnen.

Von ihrer Vergangenheit und der Bedrohung durch Sleaford abgesehen, wie konnte sie eine Gräfin sein? Es war töricht von ihr, so etwas überhaupt in Erwägung zu ziehen.

Bald würde sie zu ihrem Leben in Birmingham zurückkehren. Wo sie durchaus zufrieden war.

Aber wäre sie das nach der Zeit, die sie mit Roth verbracht hatte auch weiterhin? Dessen war sie sich nicht sicher, und das erfüllte sie mit Furcht.

KAPITEL 10

Roth schmerzte der Rücken, weil er zu lange in derselben Position gesessen hatte, aber er wollte Charlotte nicht stören. Vor etwa einer Stunde war sie an seiner Schulter eingeschlafen. Nach der Arbeit, die sie am Vorabend geleistet hatte, war er nicht überrascht. Nachdem er sich noch eine Weile mit dem Gastwirt unterhalten hatte – Mr. Jameson war sehr dankbar für ihre Hilfe gewesen –, war Roth in ihre Suite zurückgekehrt und hatte Charlotte schlafend vorgefunden. Er hatte sie nicht wecken wollen, also hatte er sich an sie gekuschelt und war neben ihr eingeschlafen.

Doch heute früh hatte sie ihn geweckt und aus dem Schlaf heraus in einen Rausch der Begierde versetzt. Es war kein Wunder, dass sie jetzt wieder schlief.

Vor einiger Zeit hatte er eine Hand auf ihr Bein gelegt und ihre körperliche Verbindung ebenso genossen wie die auf anderen Ebenen, auf denen sie sich verbunden fühlten. Und er fühlte sich tatsächlich ... mit ihr verbunden. Er war sich nicht sicher, wie er von ihr ablassen sollte.

Die Nacht würden sie in Hereford verbringen, und

morgen würden seine Freunde eintreffen. Charlotte und er würden getrennte Wege gehen: sie nach Birmingham und er nach Wyelands. Und vielleicht würden sie sich nie wiedersehen. Es sei denn, sie würden sich in Zukunft zufällig in Blickton begegnen, denn die Cosfords waren ihre gemeinsamen Freunde.

Roth war sich nicht sicher, ob er es ertragen konnte, sie zu sehen, ohne mit ihr zusammen zu sein.

Vielleicht konnte er es einrichten, ihr nach der Party auf Wyelands einen Besuch abzustatten. Birmingham lag nicht sonderlich weit von seinem Heimweg nach Ludlow Court entfernt, wo er vierzehn Tage mit Violet und Rosamund verbringen wollte, bevor er zu seiner jährlichen Jagdgesellschaft nach Lune Lodge reiste, bei der er gar nicht jagte.

Ein Zwischenstopp in Birmingham, um Charlotte zu sehen, würde bedeuten, dass er einen Teil der Zeit mit seinen Töchtern einbüßen würde, und das war inakzeptabel. Würde Charlotte ihn vielleicht nach Ludlow Court begleiten wollen? Violet und Rosamund würden sie vergöttern. Nachdem er Charlotte gestern Abend mit den Kindern der Jamesons beobachtet hatte, war sich Roth dessen sicherer denn je.

Doch Charlotte zu seinen Töchtern zu bringen, war kaum etwas, was man mit seiner Geliebten tat. Schon gar nicht, wenn es nur eine vorrübergehende Geliebte war.

Er neigte seinen Kopf so weit wie möglich abwärts, ohne Charlotte zu stören. Er konnte zwar nicht ihr ganzes Gesicht sehen, aber er würde jeden Blick auf sie genießen, den er erhaschen konnte.

Der Gedanke, dass ihre gemeinsame Zeit nur noch eine Frage von Stunden war, zerrte an ihm. Darauf hatten sie sich geeinigt, aber er wollte mehr. Er wollte sie.

Er liebte sie.

Er schloss die Augen und ließ sich von dieser Erkenntnis

durchdringen. Er hatte so sehr versucht, diese Emotionen zu unterdrücken, trotzdem ihm bewusst war, dass sie zu nahe kamen.

Es war jedoch zu spät. Sein Herz war bereits angeschlagen. Morgen würde er nach ihrer Trennung am Boden zerstört sein. Warum sollte er also nicht das Risiko eingehen, sie zu fragen, ob sie vielleicht dasselbe empfand? Denn das Risiko bestand in der Frage, ob er sich selbst *trauen* konnte, dass echte Liebe sie verband. Pamela hatte behauptet, ihn zu lieben, obwohl dem nicht so war, und Roth hatte sich von ihr vollkommen hinters Licht führen lassen. Hoffentlich handelte er dieses Mal umsichtiger und war sich bewusster, was tatsächlich zwischen ihm und Charlotte vor sich ging.

All diese Vermutungen spielten keine Rolle, es sei denn, sie erwiderte seine Liebe und würde sich in Bezug auf eine erneute Heirat umstimmen lassen. Könnte sie *ja* sagen und seine Gräfin werden? Sie würde seinen Töchtern eine wunderbare Mutter sein. Daran hatte er keinen Zweifel. Hatte er sich das nicht am meisten gewünscht? Dass er sich in sie verliebt hatte, war einfach großes Glück.

Er freute sich darauf, ihr seine Gefühle zu offenbaren, und fürchtete sich gleichzeitig vor der Möglichkeit, dass sie nicht dasselbe empfand. Oder sie selbiges nur behaupten würde, um einen Earl zu ehelichen. Allerdings glaubte er nicht wirklich, dass sie so etwas tun würde. Falls dies ihre Absicht gewesen wäre, hätte sie nicht gesagt, sie sei nicht an einer Wiederverheiratung interessiert.

Die Kutsche hielt im Hof des *Green Dragon* in Hereford. Roth streichelte sanft über Charlottes Wange. Ihre Wimpern flatterten, und sie schlug die Augen auf.

»Wir sind angekommen, mein Liebling«, sagte er sanft.

Sie hob den Kopf, und ihre Wangen waren rosig. »Ich entschuldige mich, dass ich auf dir eingeschlafen bin. Ich fürchte, ich konnte ob meiner Erschöpfung nicht standhalten.«

»Du musst dich nicht entschuldigen. Du hast dir jeden Moment deiner Ruhepause verdient. Die vergangene Nacht war wirklich kräftezehrend. Wie auch der heutige Morgen.« Er schenkte ihr ein verruchtes Lächeln.

Ihre Röte wurde intensiver. »Du hättest auch schlafen sollen. Hast du das?«

»Nein, ich war zu sehr damit beschäftigt, dich anzuschauen und an dich zu denken.« *Und dich zu lieben.*

Der Kutscher öffnete die Tür, und Roth stieg aus, dann half er Charlotte auf den Boden. Sie blickte auf die Giebelfassade der dreistöckigen Herberge. »Es sieht bezaubernd aus. Meinst du, es könnte das *Oak and Ash* übertreffen?«

»Das bezweifle ich, obwohl ich zu behaupten wage, dass es wahrscheinlich entspannender ist.«

Sie lachten, als sie seinen Arm nahm und sie zusammen die Herberge betraten. Wie auch am Vortag folge Dyer ihnen mit den Koffern.

Der Eingangsbereich des *Green Dragon* war mit einer prächtigen dunklen Holzvertäfelung versehen, die, was nicht überraschend war, grün gestrichen war.

Es gab einen Kaffeeraum mit mehreren Tischen, der durch einen Türbogen zur Linken sichtbar war. Roth steckte den Kopf hinein und entdeckte sofort ein bekanntes Gesicht. Es schien, als sei einer seiner Freunde bereits einen Tag früher angekommen. Das war angesichts des Umstands unglücklich, als dass Charlotte und er ihre Affäre hatten geheim halten wollen.

Und es war zu spät, sich zurückzuziehen, ehe der Mann ihn entdeckte. Sein Blick verband sich mit Roths von dem Platz aus, an dem er an einem Tisch saß. Er stand auf und kam auf sie zu.

Roth holte tief Luft und redete sich ein, dass es schon in

Ordnung ginge. Er sah Charlotte mit einem entschuldigenden Blick an. »Einer der Gentlemen, die an der Party teilnehmen, ist bereits hier«, sagte er leise.

Sie schaute um ihn herum und alle Farbe wich aus ihrem Gesicht. Verdammt, Roth hatte nicht gedacht, dass sie sich so aufregen würde.

Er legte ihr seine Hand in den Rücken und hoffte, sie damit in ihrer derzeitigen Situation zu beruhigen. »Erlaube mir, dir Lord Sleaford vorzustellen. Sleaford, dies ist meine Freundin, Mrs. Dunthorpe.«

Sleafords Nasenflügel flatterten, und das Erkennen blitzte scharf in seinen Augen auf. »Mrs. Dunthorpe, wirklich? Ich kenne sie als Miss Harnessmaker.«

»Ihr kennt euch?« Roth sah von Sleaford zu Charlotte, die immer noch unglaublich blass war.

»Das tun wir in der Tat«, meinte Sleaford höhnisch. »Obwohl es ein Jahrzehnt her ist, würde ich diese verlogenen Augen überall wiedererkennen.«

Verlogene Augen? Was zum Teufel wollte er damit sagen? Wenn es so lange her war, dass er sie »Miss« nannte, mussten sie sich getroffen haben bevor sie geheiratet hatte. Aber wie?

Roth schluckte und dann zwang er seinen Puls zur Ruhe. »Wie habt ihr euch kennengelernt?«

Es war natürlich Sleaford, der antwortete. »Wollen Sie es ihm sagen? Nein, ich denke nicht, dass Sie das tun würden.« Seine dunklen Augen waren auf Charlotte fixiert und er hatte die Lippen geschürzt.

Sleaford besaß Temperament und einen Hang zur Boshaftigkeit, die Roth nicht gefielen. In der Tat betrachtete Roth den Mann nicht gerade als einen Freund. Er war jedoch Warhams Freund, und so kam es, dass sie beide an der gleichen Party teilnahmen. Sleaford gehörte zu der vierköpfigen Gruppe, die sich morgen hier treffen sollte.

»Es besteht keinerlei Anlass, unhöflich zu sein«, bemerkte Roth in der Hoffnung, den angespannten Moment zu entschärfen.

»Es gibt jedoch immer einen Grund für *Aufrichtigkeit*«, zischte Sleaford. »Sie hat meinem Cousin, der im Sterben lag, tausend Pfund gestohlen, und dann ist sie spurlos verschwunden.«

Roth holte tief Luft. »Das ist eine schwerwiegende Anschuldigung, Sleaford. Sie müssen sich irren. Ich kann für Mrs. Dunthorpe bürgen. Sie ist keine Diebin.« Roth hielt seine Hand weiterhin auf ihrem unteren Rücken. Sie war steif wie ein Brett.

»Wie lange kennen Sie Mrs. ›Dunthorpe‹ denn schon?«, fragte Sleaford. »Wahrscheinlich nicht seit der Zeit, als sie noch Miss Harnessmaker war, die Tochter eines Gastwirts, der irgendwie einen Pfarrer überredet hatte, ihr Unterschlupf zu gewähren, und der sie dann dem ersten leichtgläubigen, heiratswilligen Mann, der ihren Weg kreuzte, unterjubelte?«

Roth lief ein eiskalter Schauer über den Rücken. Sleaford schien eine ganze Menge über Charlotte zu wissen. Währenddessen sagte sie weiterhin keinen Ton und sah aus, als wäre sie ertappt worden, na ja, beim Stehlen.

»Erzählen Sie ihm, Miss Harnessmaker, wie Sie das Geld meines Cousins gestohlen haben und zwei Tage nach seinem Tod verschwunden sind.«

»Wir sollten verheiratet sein«, sagte sie schließlich, die Worte ein kratzendes Flüstern, als hätte sie seit Tagen nicht mehr gesprochen, statt Minuten.

»Aber ihr wart es nicht. Sidney ist gestorben. An einer dummen Schnittwunde an seinem Bein, können Sie sich das vorstellen?« Sleaford warf ihr einen weiteren vorwurfsvollen Blick zu. »Ich habe mich oft gefragt, wie er so rasch erkranken konnte. Es scheint möglich, wenn nicht sogar wahrscheinlich, dass Sie etwas damit zu tun hatten.«

Charlottes Kinnlade fiel herunter. »Das können Sie nicht wirklich denken. Ich habe ihn geliebt.« Sie schüttelte den Kopf. »Es ergibt außerdem keinen logischen Sinn. Wenn ich gewollt hätte, dass er stirbt, wäre es sicher klüger gewesen, bis nach unserer Heirat zu warten, denn dann wäre ich seine Witwe gewesen.«

»Du bist gar nicht seine Witwe?« Roth versuchte mitzuhalten, aber es gelang ihm nicht. Und er war verzweifelt. Hatte sie ihn belogen? Alle ...belogen?

»Nein.« Sie blickte Roth nicht in die Augen, und in diesem Moment wusste er, dass es stimmte, was Sleaford da behauptete.

»Hast du wirklich tausend Pfund gestohlen?« Roth konnte nicht glauben, dass sie das tun würde, aber wenn sie ein Jahrzehnt lang ein falsches Leben geführt hatte, was hatte sie dann zu verbergen? Und unter keinen Umständen würde er glauben, dass sie etwas mit dem Tod ihres Verlobten zu tun hatte. Abgesehen von ihrer Aussage glaubte er ihrer Versicherung, sie habe den Mann geliebt. Ihren »Ehemann«.

Die Erkenntnis, dass sie ihn belogen hatte, und überhaupt nie verheiratet gewesen war, traf Roth hart wie ein Steinwurf.

Charlotte holte tief Luft. In ihre Wangen kehrte ein wenig Farbe zurück. »Ich habe nichts gestohlen. Sidney hat mir das Geld gegeben, bevor er starb.« Jetzt schaute sie Roth mit klarem Blick und stoischer Miene an. »Es tut mir so leid, Roth. Ich bin nicht die, die zu sein ich behauptet habe. Ich bedaure, dass ich dich getäuscht habe.«

Und da war sie, eine weitere Frau, die er liebte und die ihn angelogen hatte. Wieder einmal hatte er sein Urteilsvermögen von seinen Gefühlen vernebeln lassen. Beim ersten Mal hätte er die Sache mit Pamela nicht überstürzen dürfen.

Diesmal hätte er sich nicht in Charlotte verlieben dürfen –
nicht, wenn er es wirklich besser gewusst hatte.

»Ich werde dafür sorgen, dass du in einem anderen Gasthaus übernachtest«, meinte Roth hölzern.

Sie führte die Hand zum Mund und sog die Luft durch
die Nase ein. Langsam ließ sie die Hand wieder sinken. »Das
ist nicht nötig. Ich kann meinen eigenen Weg finden.« Sie
drehte sich um, aber Dyer befand sich nicht in der Eingangshalle, und ihre Koffer ebenfalls nicht.

Sleaford schob sich um sie herum und versperrte ihr den
Weg zur Tür. »Sie können nicht gehen. Nicht, bevor Sie
zurückzahlen, was Sie gestohlen haben.«

Roths Wut überwog seine Enttäuschung. »Sie hat keine
tausend Pfund in ihrem Retikül, Sleaford. Lassen Sie sie
gehen.«

Als Sleaford nach ihr griff, packte Roth den Ellbogen des
Mannes und zog ihn weg. »Ich sagte, Sie sollen sie gehen
lassen.«

Sleaford schüttelte Roths Griff ab und höhnte. »Ich werde
den Magistrat holen. Ich werde sie nicht noch einmal davon-
kommen lassen.«

~

Charlotte konnte sich nicht rühren. Das war so viel
schlimmer als alles, was sie sich vorgestellt hatte. Sie
hatte befürchtet, dass Roth die Wahrheit erfahren würde,
aber dass es auf diese Weise passieren musste, war mehr als
schrecklich.

Er hatte sie ungläubig angesehen, dann resigniert und
einschließlich einer extra Portion Abscheu war sein Blick
enttäuscht gewesen. Nicht, dass sie ihm die Schuld gab. Sie
hatte seine Wut verdient.

Roth jedoch hatte nichts von alledem verdient. Sie verabscheute den Schmerz in seinem Blick und seinen eisigen Ausdruck.

»Ich habe das Geld nicht gestohlen«, sagte Charlotte. »Sidney hat einen Zettel hinterlassen, dass er es mir gegeben hat.«

Etwas blitzte kurz in Sleafords furchterregendem Blick auf – Schuldgefühle vielleicht? »Es gab keinen Zettel, und das wissen Sie. Mein Cousin hätte Ihnen niemals eine so hohe Summe gegeben.«

»Ihr Cousin war ein gütiger, fürsorglicher Mann. Er wollte nicht, dass ich ohne Mittel dastehe.« Sie hasste es, den Rest auszusprechen, aber sie fühlte, dass sie es musste. Da sie keinen der beiden ansehen konnte, richtete sie den Blick auf den Boden. »Er wollte sicher sein, dass ich versorgt sei, falls es ein Kind geben sollte.«

»Sie waren also auch eine Hure«, platzte Sleaford heraus.

»Hören Sie auf, Sleaford.«

Charlotte riss den Kopf hoch und sah Roth an. So hatte sie ihn noch nie gehört. Seine Stimme klang dunkel und rau vor Wut.

»Wir waren verlobt«, entgegnete Charlotte zu ihrer Verteidigung, obwohl sie Sleaford eigentlich für sein skandalöses Verhalten zur Rede stellen wollte. Wie konnte er es wagen, ihre Anständigkeit zu bemängeln, wo er sie doch am Tag nach Sidneys Tod hatte überreden wollen, seine Mätresse zu werden!

»Gab es ein Kind?«, fragte Roth angespannt.

Sie schüttelte den Kopf. »Nein.«

»Dann hätten Sie das Geld zurückgeben müssen«, forderte Sleaford. »Stattdessen sind Sie geflohen und haben sich versteckt. Unschuldige Menschen tun so etwas nicht. Wo sind Sie gewesen? Irgendwo, wo der arme Roth Sie finden und von Ihnen betrogen werden konnte, so wie mein Cousin.«

»Ich habe Sidney geliebt, und Roth liebe ich auch!« Sie hatte nicht vorgehabt, so deutlich zu sprechen oder, Herrgott noch mal, zuzugeben, dass sie Roth liebte, aber die Worte waren ihr ungewollt aus dem Mund entschlüpft. Sie hatte sich bislang nicht einmal selbst eingestanden, dass sie Roth liebte, und so hätte sie es ihm sicher nicht offenbart.

Roth sah sie nicht an. »Sie hat in Birmingham gelebt. Wir haben uns auf einer Hausparty kennengelernt.«

»Und wer ist Dunthorpe?«, verlangte Sleaford zu erfahren. »Noch ein ahnungsloser Possenreißer, den Sie benutzt haben?«

»Es ist nur ein Name, den ich angenommen habe.«

Sleaford warf ihr einen bösen Blick zu. »Ich nehme an, Sie konnten weder Harnessmaker noch Sidneys Namen verwenden, Prewitt, aus Angst, aufzufliegen.«

»Warum hast du dich weiter versteckt?«, fragte Roth. »Nachdem du erfahren hattest, dass du nicht schwanger warst, hättest du nach Hause zurückkehren können. Warum hast du das nicht getan?«

Sleaford verengte seine Augen und spottete über Charlotte. »Weil sie wusste, dass sie das gestohlene Geld zurückgeben musste. Lassen Sie sich nicht von ihrer absurden Geschichte täuschen, dass mein Cousin ihr Geld wegen einer möglichen Schwangerschaft gegeben hat.«

Sleaford hatte teilweise recht. Sie konnte wegen seiner Anschuldigungen nicht nach Hause zurückkehren – und weil er sie wahrscheinlich gezwungen hätte, seine Mätresse zu werden. Aber ihre anhaltende Angst vor ihm hinderte sie daran, dies auszusprechen. »In welches Zuhause wäre ich denn zurückgekehrt?«, fragte sie mit einem trockenen Lachen. »Das einzige Zuhause, das ich je gekannt hatte, war nicht mehr mein Zuhause. Sollte ich ins Pfarrhaus zurückkehren und Fragen und Gerüchte darüber ertragen, warum ich fortgegangen war? Verzeih mir, wenn ich das nicht konnte und mich für einen Neuanfang entschieden habe, ohne dass die Geister der Vergangenheit mich verfolgten. Vielleicht war es die falsche Entscheidung, aber ich bereue sie nicht.« Das tat sie nicht. Sie nahm einen Funken Mut zusammen und schaute Sleaford an. »Außerdem *hat* Sidney mir das Geld gegeben, und ich habe es zum Leben gebraucht.«

»Ich gebe Ihnen eine Woche Zeit, das Geld zurückzuzahlen«, verlangte Sleaford mit einem herablassenden Lächeln, als würde er ihr einen Gefallen tun.

Charlotte fühlte sich, als wäre sie in eiskaltes Wasser getaucht worden. Auf keinen Fall konnte sie ihm diesen Betrag zurückzahlen. Was glaubte er, wovon sie in den letzten zehn Jahren gelebt hatte? Es würde ihn nicht interessieren, selbst wenn ihm der Gedanke gekommen *wäre*.

Sie hatte Geld gespart und angelegt, und wenn sie einige Dinge in ihrem Haus verkaufte und in eine kleinere Wohnung umzog, könnte sie ihm jetzt die Hälfte zahlen und vielleicht Ratenzahlungen leisten. Ihre Gedanken überschlugen sich, ihre Emotionen machten jeden Versuch eines rationalen Gedanken zunichte. Sie musste einfach nur weg. Wo hatte Dyer ihren verdammten Koffer hingebracht?

»Das kann ich nicht«, entgegnete sie, als die Mauern sich um sie zu schließen schienen.

»Dann werde ich Sie wegen Diebstahls anzeigen«, sagte er mit einer ekelhaften Freude.

Sie zweifelte nicht daran, dass er es ernst meinte. Und er würde wahrscheinlich erfolgreich sein. Er war ein Viscount, und sie war ... eine unechte Witwe.

»Lassen Sie es gut sein, Sleaford. Ihr Cousin wollte sie beschützen, und es war sein Geld, das er ihr gab.«

»Sie haben keinen Beweis, dass er es ihr gegeben hat!«, schimpfte Sleaford.

Roth umklammerte Charlottes Ellbogen und zog sie nach

draußen, wobei er die Tür des Gasthauses hinter ihnen zuschlug. Er trat einen Schritt von ihr zurück. »Du musst gehen. Brauchst du Hilfe, um eine andere Unterkunft zu finden?«

Sie schlang ihre Arme um sich und fühlte sich plötzlich kalt. »Nein, aber ich brauche meinen Koffer und meine Kiste aus der Kutsche.«

Er blickte an ihr vorbei in Richtung Stall. »Meine Kutsche kann dich immer noch nach Birmingham zurückbringen.«

»Das würde ich nicht wollen.« Sie versuchte, Augenkontakt herzustellen, aber er wollte sich nicht auf sie konzentrieren. »Es tut mir wirklich leid, Roth. Ich wollte dir die Wahrheit sagen, aber mir ist keine Art und Weise eingefallen.«

»Versichere mir einfach, dass du die Wahrheit sagst, und das Geld nicht gestohlen hast.« Jetzt warf er ihr einen Blick zu, der allerdings kurz und stechend ausfiel.

Dass er an ihr zweifelte, sagte Charlotte alles, was sie wissen musste. Es war hoffnungslos. Nicht, dass sie wirklich irgendwelche Hoffnungen gehegt hätte. Er würde immer ein Earl bleiben, und sie wäre bis in alle Ewigkeit die verlogene Tochter eines Gastwirts.

»Es ist die Wahrheit, und es gab einen Brief. Aber Sleaford hat ihn verbrannt. Ich hätte Sidney bitten sollen, einen neuen zu schreiben, aber ich konnte nicht vorhersehen, was passieren würde. Außerdem war er zu diesem Zeitpunkt schon so schwach.« Ihre Stimme brach fast, aber sie wollte Roth nicht zeigen, wie tief ihre Verzweiflung war.

Roth nickte. »Ich werde dafür sorgen, dass Sleaford dich nicht verfolgt.«

Das war mehr, als sie erwartet hatte und mehr, als sie verdiente. Trotzdem würde sie Roths Hilfe nicht ablehnen.

Sie hoffte nur, dass Sleaford sie tatsächlich in Ruhe lassen würde. »Danke.«

Was für eine schreckliche Art, ihre erfreuliche Affäre zu beenden. Aber Charlotte erkannte nicht, auf welche Weise noch etwas daran zu retten wäre. Dennoch meinte sie: »Vielleicht hätte ich dir die Wahrheit sagen sollen, aber ich hoffe, du kannst eines Tages verstehen, dass ich nur versucht habe, mich und das Leben, das ich mir aufgebaut habe, zu schützen. Es gibt Menschen, die auf mich angewiesen sind und ich konnte nicht –« Sie brachte sich zum Schweigen, weil sie wahrscheinlich dachte, dass ihre Beweggründe für ihn belanglos waren. »Ich weiß, dass es für dich schwierig sein muss, die Perspektiven einer jungen Frau zu verstehen, die niemanden hat, um sicherzustellen, dass es ihr an nichts fehlt. Ehe Sidney starb, hat er versucht, das für mich zu tun, und ich werde ihm für immer dankbar sein.«

Roth sagte nichts und seine Züge waren undurchdringlich.

Charlotte konnte dieses kalte Schweigen nicht ertragen. Sie blickte die Straße entlang und entdeckte ein weiteres Gasthaus. »Ich werde mich dort drüben nach einem Zimmer erkundigen. Wenn du meine Sachen vielleicht in der Eingangshalle bereitstellen könntest, werde ich Sorge dafür tragen, dass sie abgeholt werden.«

Ohne seine Antwort abzuwarten, machte sie sich auf den Weg zu dem anderen Gasthaus. Tränen verschleierten ihr die Sicht, doch sie blinzelte sie weg.

Was würde sie jetzt unternehmen? Sie konnte nicht ernstlich darauf hoffen, zu dem Leben zurückzukehren, das sie in Birmingham geführt hatte. Es bliebe ihr nichts anderes übrig, als woanders einen Neuanfang zu machen. Diesmal würde sie die Person sein, die sie in Wirklichkeit war – Miss Charlotte Harnessmaker.

Eine einsame Jungfer.

~

ach dem Genuss von so viel Wein, wie er an
Körpergewicht auf die Waage brachte, war Roth
in eine traumlosen Schlaf gefallen. Heute Morgen fühlte er
sich absolut elend und brachte sich noch mehr in Harnisch,
als er es ohnehin schon war. Er konnte kaum erwarten, seine
Wut an Sleaford auszulassen.

Roth schlug ein Auge auf und sah Dyer neben dem Bett
stehen.

»Guten Morgen, Mylord. Ich habe den Koch gebeten,
meinen Rettungscocktail für Euch zu mixen.«

Das war das teuflische Gesöff, das Dyer Roth zu trinken
aufforderte, wenn er zu viel getrunken hatte. Roth hatte es
bislang nicht sehr oft gebraucht, aber in den seltenen Fällen,
in denen er es nötig gehabt hatte, war das Zeug seine
Rettung gewesen.

»Ja«, brummte Roth. »Bitte.« Mühsam setzte er sich auf
und stöhnte bei seiner Anstrengung.

Dyer reichte ihm den Becher. Roth hielt sich die Nase zu
und kippte die Flüssigkeit so rasch wie möglich herunter.
Roth gab Dyer das geleerte Gefäß zurück und ließ sich
langsam in die Kissen zurücksinken.

»Sie werden sich bald besser fühlen. Lord Sleaford hat
anfragen lassen, ob Sie mit ihm frühstücken wollen, aber ich
habe ihm ausgerichtet, dass Sie hier speisen werden.« Dyer
hatte gestern gehört, was geschehen war. Er hatte sich unter
der Treppe postiert – nicht um zu lauschen, wie er sagte,
sondern um in der Nähe zu sein, falls er gebraucht würde.

Roth schloss die Augen, als würde dies das Hämmern in
seinem Kopf lindern. »Er kann von Glück reden, dass ich ihn
nicht aufspüre und ihm eine Ohrfeige verpasse.« Sleaford
hatte sich heftig gegen Roths Drängen gesträubt, Charlotte
in Ruhe zu lassen. Tatsächlich war Roth nicht ganz sicher, ob

Sleaford sich daran halten würde, aber er hatte dem Mann mit dem gesellschaftlichen Ruin gedroht. Roth war unendlich viel beliebter als der Viscount, und wenn Roth ihn offen schneiden würde, hätte das für ihn schwindende gesellschaftliche Aussichten zur Folge.

»Wie wollt Ihr seine Anwesenheit auf Wyelands Party diese Woche ertragen?«

Stöhnend öffnete Roth seine Augen. »Ich weiß es nicht.«

»Verzeiht, Mylord, aber meint Ihr nicht, dass Ihr besser etwas anderes tun solltet, als an einer weiteren Hausparty teilzunehmen?«

Dyer hatte ihn gestern Abend weitestgehend in Ruhe gelassen, doch sein Schweigen zum Thema Charlotte hatte Roth alles mitgeteilt, was er wissen musste. Der Diener wartete nur auf die richtige Gelegenheit, seiner Missbilligung Luft zu machen.

In der Regel würde Roth versuchen, Dyers Vortrag zu vermeiden, doch heute Morgen musste er ihn einfach hören. So verärgert Roth auch gewesen war, als er die Wahrheit über Charlotte erfuhr, hätte er sie niemals gehen lassen dürfen.

Seine Wut war in Schmerz umgeschlagen und sein Schmerz in Selbstmitleid. Dann hatte er sich dem Vergessen hingegeben. Heute Morgen bedauerte er sich immer noch selbst – wegen des beklagenswerten Zustands, den er für sich erschaffen hatte, aber nicht wegen Charlotte.

Ja, sie hatte gelogen. Nicht nur ihn hatte sie angelogen, sondern alle. Sie hatte sich ein Leben aufgebaut, als ihr keine andere Wahl geblieben war. Nach allem, was Roth inzwischen wusste, schien das zumindest so.

Roth blickte zu Dyer. »Ja, es gibt noch etwas, was ich tun sollte. Sie brauchen mich nicht zu überzeugen.«

»Nur um mich zu vergewissern, dass wir dasselbe im Sinn haben, was solltet Ihr tun?«

»Zu Charlotte gehen - Mrs. ... egal – und mich entschuldigen.«

»Ich bin erleichtert, dass Ihr das sagt.«

»Ich hätte sie gestern Abend bitten sollen, hierzubleiben.« Roth richtete sich auf. »Gibt es Kaffee?«

Geschwind brachte Dyer ihm eine Tasse. »Wenn Ihr sie gebeten hättet zu bleiben, hättet Ihr sie dann nach Hause begleitet? Ich muss gestehen, dass ich die vergängliche Natur dieser Verbindung nicht verstanden habe. Mir scheint es, als würdet Ihr gut zusammenpassen. Und so glücklich habe ich Euch schon lange nicht mehr erlebt.« Dyer drehte sich vom Bett weg und murmelte: »Oder vielleicht jemals.«

Roth wollte dem Mann widersprechen, und darauf beharren, dass es sich um eine Affäre handelte und weiter nichts. Aber in Wahrheit war er glücklich gewesen. Er liebte sie, und dieses Wissen hatte ihn mit so viel Freude erfüllt.

Sie liebt dich auch.

Ja, das hatte sie gesagt, nicht wahr? Die Enthüllungen ihrer Vergangenheit hatten ihn zu sehr geschockt, als dass er das in jenem Moment hätte verarbeiten können.

Verdammt, er hatte die Sache vollkommen verpatzt. Während er bemüht war, sein Herz zu schützen, hatte er nicht erkannt, dass sein Herz alles haben konnte, was es begehrte.

Er schlüpfte aus dem Bett. »Ich muss mich ankleiden.«

»Ausgezeichnet. Werdet Ihr ein wenig essen?«, fragte Dyer.

Roths Magen rumorte. Das von Dyer verordnete Gesöff hatte seine volle Wirkung noch nicht entfaltet. »Noch nicht, und ich möchte auch nicht warten. Der Kaffee muss erst einmal reichen.«

»Werdet Ihr das Gasthaus verlassen?«

»So rasch wie möglich. Ich muss zu Charlotte.«

Dyer eilte in den Ankleideraum, und Roth folgte ihm, so rasch er konnte. Gott, er war ein Schuft gewesen.

Eine Stunde später war seine Laune vollkommen im Keller. Als er in dem Gasthaus ankam, in dem Charlotte die Nacht verbracht hatte, konnte man ihm nur noch mitteilen, dass sie bereits am frühen Morgen abgereist war.

Nun, er würde ihr folgen. Er konnte es vor Einbruch der Nacht nach Birmingham schaffen.

Nachdem Roth eine Nachricht nach Wyelands geschickt hatte, in der er Warham sein Bedauern ausdrückte, reiste er aus Hereford ab. Er war Sleaford erfolgreich aus dem Weg gegangen, was der einzige Lichtblick an diesem Vormittag war.

Nun, da er in seiner Kutsche Stunde um Stunde grübeln konnte, rief er sich die Ereignisse des gestrigen Abends in Erinnerung und wünschte sich verzweifelt, er hätte anders gehandelt. Charlotte hatte so angsterfüllt gewirkt … so in der Falle gefangen. Er stellte sich vor, wie sie sich vor zehn Jahren gefühlt haben musste, als ihr Verlobter gestorben war und sie unverheiratet und möglicherweise schwanger zurückgelassen hatte.

Und dieser verdammte Sleaford hatte sie für etwas verunglimpft, das viele Paare tun, sobald sie verlobt sind. Roth hatte das nicht getan, aber wenn Pamela gewollt hätte, dann wahrscheinlich doch. Natürlich hatte sie das nicht gewollt. Sie hatte das Bett nie wirklich mit ihm teilen wollen.

Der Schmerz darüber fühlte sich heute irgendwie geringer an. Vielleicht lag es daran, dass er zu sehr von Charlotte vereinnahmt war. Oder vielleicht war er bereit, das Gedenken an seine ehemalige Frau und sein Selbstmitleid endlich zu begraben.

Ja, er hatte sich schon viel zu lange in Selbstmitleid gebadet. Und er hatte Sorge dafür getragen, das Glück, das ihm verwehrt geblieben war, nicht zu finden – weil er sich gefürchtet hatte. Sich der Liebe zu verweigern, war ein lächerlicher Gedanke, und letzten Endes war er gescheitert.

Die Liebe hatte ihn dennoch gefunden, und er hatte so viel Glück. Er konnte nur hoffen, dass es noch nicht zu spät war, sich Charlotte zu offenbaren.

Würde sie ihm grollen? Das sollte sie. Würde sie ihm deutlich machen, ihn nie wieder sehen zu wollen? Das würde er ihr nicht verübeln. Würde sie ihm verzeihen?

Darauf hoffte er inständig.

KAPITEL 11

Einen Monat später, Lune Lodge, bei Lancaster

Seit seiner Ankunft in seiner Jagdhütte vor drei Tagen hatte Roth seine Zeit entweder mit Spaziergängen im Freien verbracht – allein – oder damit, bis zum Exzess zu trinken – meistens allein. Er wollte keine Gesellschaft, doch seine Freunde, die an seiner jährlichen Party teilnahmen, hatten andere Vorstellungen.

Immer wieder machten sie Bemerkungen über sein mürrisches Aussehen und sie erkundigten sich nach seinem Geisteszustand. Keiner war darin eifriger als Cosford. Seine verdammte Besorgnis hatte Roth gestern Abend dazu verleitet, viel zu viel zu trinken, und leider war Dyer nicht zugegen, um ihn mit seinem Stärkungscocktail zu versorgen.

Das bedeutete auch, dass er nicht anwesend war, um an der Flut von Sorgen teilzuhaben. In den letzten Wochen hatte er dies zur Genüge getan, seit es Roth nicht gelungen war, Charlotte aufzuspüren.

Roth schlug die Augen auf und blinzelte gegen den Bettbehang über seinem Kopf. Er brauchte frische, kühle Luft. Und er musste aufhören, so viel zu trinken.

Aber wie sollte er sonst mit seinem Schmerz über Charlottes Verlust fertigwerden? Oder die fast ständigen Selbstvorwürfe ob seiner Dummheit zum Schweigen bringen?

Er erhob sich aus dem Bett ab und trat an die Kommode, auf der ein Krug und eine Schüssel standen. Stiles, sein zuverlässiger Verwalter, der auf Lune Lodge lebte und es in Ordnung hielt, stellte die Krüge mit Wasser für Roth und seine Gäste bereit.

Nach einer raschen Wäsche fühlte Roth sich zumindest ein wenig erfrischt. Das kühle Wasser hatte seine Kopfschmerzen gelindert.

Während er sich anzog, dachte er an die tragischen Ereignisse des vergangenen Monats. Als er in Birmingham angekommen war, hatte er festgestellt, dass Charlotte noch nicht in ihr Haus zurückgekehrt war. Also hatte er gewartet. Fünf Tage lang.

Dann hatte er sich auf den Weg nach Newark-on-Trent gemacht und sich gefragt, ob sie vielleicht in ihr früheres Zuhause zurückgekehrt war, dasjenige, von dem sie gesagt hatte, sie könne nicht dorthin zurückkehren. Dort war sie nicht. Aber die Menschen, die sie kannten, sprachen in den höchsten Tönen von ihr, mit Liebe und Fürsorge, aber auch mit Trauer über den Verlust, den sie erlitten und der sie zum Aufbruch veranlasst hatte.

Er war im *»Horse and Harness«* abgestiegen und stellte sich vor, wie Charlotte als Mädchen herumtollte, ihrem Vater half und eine Kindheit genoss, die seiner so unähnlich war. Das Gasthaus war sehr gepflegt, und alle waren unglaublich freundlich und nett. Roth wusste, dass sie stolz sein würde.

Falls sie je zurückkehrte. Was sie in den drei Tagen, die er dort verbracht hatte, nicht getan hatte.

Da er nicht wusste, wie es weitergehen sollte, und er seine Töchter vermisste, war er nach Ludlow Court zurückgekehrt. Violet und Rosamund zu sehen, hatte seinen Kummer ein wenig gelindert, aber die Zeit mit ihnen zeigte ihm nur, wie wunderbar Charlotte als Mutter für sie gewesen wäre. Die Mädchen hätten sie vergöttert, und jetzt würden sie sie nicht einmal kennenlernen. Sein Selbsthass hatte ein neues Maß erreicht.

Als es an der Zeit war, nach Lune Lodge zu seiner jährlichen Jagdgesellschaft zu fahren, bei der er nicht jagte, hätte er beinahe beschlossen, abzusagen. Dyer hatte ihm jedoch nahegelegt, dass er das Geschehene um seiner Töchter willen vergessen müsse, und vielleicht würde die Zeit in Lune Lodge ihm dabei helfen.

Dieser Vorschlag schien so vernünftig wie jeder andere, und so war Roth nach Lancaster gekommen und hatte sofort gelernt, dass es eine schreckliche Idee war, sich mit anderen Menschen zu umgeben. Folglich hatte er versucht, sich zurückzuhalten.

Er hatte vor, genau das weiterhin zu tun. Hoffentlich würde er sich in ein paar Tagen besser fühlen.

Roth wappnete sich auf den Ansturm der Befragung und Heiterkeit, falls er jemandem begegnete, und machte sich auf den Weg nach unten. Wenn er sich hinausschleichen könnte, bevor es jemand bemerkte ...

»Guten Morgen, Roth!«, rief Cosford aus dem Esszimmer.

Roth zwang seine Schritte zur Tür, konnte sich aber nicht einmal zu einem spärlichen Lächeln durchringen. »Morgen.«

»Möchtest du frühstücken? Ich habe schon gegessen, aber ich genieße noch eine Tasse Kaffee. Es ist sonst niemand hier«, fügte er hinzu und klang dabei hoffnungsvoll.

Verdammt, Cosford versuchte, ihm ein guter Freund zu sein. Aber Roth wollte jedoch weder Güte noch Freundschaft. Das hatte er nicht verdient. Er verdiente es, Trübsal zu blasen. Allein.

»Danke für die Einladung, aber ich werde einen Spaziergang machen.«

Cosford sprang von seinem Stuhl auf. »Ein Spaziergang klingt großartig.« Er strich sich das dunkle Haar aus der Stirn und kam um den Tisch herum.

Roth wollte ihn abwimmeln. Vielleicht war Cosford noch nicht aufbruchbereit. Tatsächlich sah er allerdings perfekt für einen Spaziergang angezogen aus und es war fast so, als hätte er auf Roths Erscheinen gewartet, um genau das zu tun. Wahrscheinlich, weil Roth dies in den vergangenen beiden Tagen getan hatte. Nun, Roth konnte ihm keinen Vorwurf aus seiner Scharfsinnigkeit machen. Er konnte auch nicht die Wärme in Cosfords haselnussbraunen Augen ignorieren.

Sie nahmen ihre Hüte von einer Ablage in der Eingangshalle und gingen nach draußen. Der Morgen war feucht und kühl, und der Boden mit Blättern übersät. Fast kahle Äste wiegten sich über ihren Köpfen im Wind. Es war still und es lag ein unmissverständlicher Anflug auf den kommenden Winter in der Luft.

»Wie geht dir heute?«, erkundigte Cosford sich. Er behielt den Blick geradeaus gerichtet, während sie einem Weg folgten, der von dem Landhaus wegführte.

Roth unterdrückte das unmittelbar auftretende Gefühl von Gereiztheit, das diese Frage auslöste. Anstelle einer Antwort grunzte er.

»Nicht viel besser«, befand Cosford.

»Ich wünschte, du würdest es unterlassen, mir zuzusetzen.«

»Wusstest du, dass Satterfield vorhin abgereist ist?«

Roth warf einen Blick in Richtung Cosford. »Nein, wusste ich nicht. Was ist passiert?«

»Er hat erkannt, dass er in die Dowager Duchess of Kendal verliebt ist, und ist aufgebrochen, um es ihr zu sagen, falls es noch nicht zu spät ist.« Cosford konnte nichts von Roths Verzweiflung oder Bedauern ahnen, aber verdammt, wenn dies nicht mitten in Roths Herz traf.

»Verstehe«, murmelte Roth und fühlte sich regelrecht melancholisch. Das Gleiche hatte er bei Charlotte versucht, ohne sie jedoch finden zu können. Sie war sehr geschickt darin, sich im Verborgenen zu halten, wie ihre Fähigkeit, ein Jahrzehnt lang zu »verschwinden«, unter Beweis gestellt hatte.

»Ich habe mich gefragt, ob deine Trübseligkeit auch auf eine Herzensangelegenheit zurückzuführen ist.«

Roth wurde langsamer, bis er schließlich ganz stehen blieb. Er drehte sich zu seinem Freund und ignorierte, dass sein Puls sich beschleunigte. »Was weißt du darüber?«

Cosford sah ihn an. »Ich weiß, dass Charlotte und du Blickton gemeinsam verlassen habt, und ihr eine Liaison hattet. Darf ich deine Depression so verstehen, dass du die Beendigung dieser Beziehung bedauerst?«

Mit Bedauern ließen sich seine Gefühle nicht beschreiben. »Es ist komplizierter als das.« Und Roth hatte keine Lust, diese Sache zu erklären. Er setzte seinen Weg fort.

»So kompliziert, wie herauszufinden, dass die Frau, in die man verliebt sein könnte, nicht die ist, die zu sein sie vorgibt?« Cosford hatte sich nicht gerührt.

Roth wäre fast gestolpert. Dann drehte er sich um und blickte Cosford an. Seine Augen waren noch immer warm von seiner Güte und Freundschaft. »Woher weißt du das?« Roths Gedanken überschlugen sich. Lady Cosford war seit Jahren mit Charlotte befreundet. Hatte sie die Wahrheit

gewusst? Hatte sie Charlotte vor allen als jemanden darge-
stellt, der sie nicht war?

War das überhaupt von Belang?

»Sie hat den letzten Monat auf Blickton verbracht.«
Cosford zog eine leichte Grimasse. »Das dürfte ich dir
eigentlich nicht sagen. Ich habe sogar geschworen, das unter
keinen Umständen zu tun. Cecilia wird wütend auf mich
sein.« Er begegnete Roths Blick. »Aber ich bringe es nicht
fertig, dich länger so zu sehen.«

Warum hatte Roth nicht daran gedacht, dort nach Charlotte zu suchen? In der Absicht, so schnell wie möglich
aufzubrechen, eilte er an Cosford vorbei.

Cosford beeilte sich, ihn einzuholen. »Du fährst zu ihr?«

»Ich muss.«

»Aus denselben Gründen, aus denen Satterfield gehen
musste.«

Roth hielt inne und ergriff Cosfords Arm. »Wie geht es
Charlotte?«

»Nicht viel anders als dir. Aber Cecilia hat darauf bestanden, dass ich dir nichts von ihrem Aufenthalt in Blickton
verrate. Man wirft ihr manchmal vor, sich einzumischen,
obwohl sie nur ihre Freunde glücklich sehen will, und Charlotte hat sie gebeten, sich herauszuhalten.«

»Ich bin froh, dass du es mir gesagt hast. Ich schulde ihr
die größte Entschuldigung.«

Cosford schenkte ihm ein müdes Lächeln. »Ich glaube
nicht, dass sie das erwartet. Sie glaubt, dass du jedes Recht
hast, sie zu verachten, und sie das verdient hat.«

Roths Herz zog sich zusammen. Die Vorstellung, wie sie
gelitten haben musste, war wie ein Messer in seiner Brust.
Sie war allein gewesen und hatte geglaubt, es würde ihn
nicht interessieren. Es war nicht nur Desinteresse, sondern
sie glaubte, er verabscheute sie.

Roth drehte sich um und strebte mit raschen Schritten auf das Landhaus zu.

Cosford ging neben ihm her. »Du fährst nach Blickton?«

»Unverzüglich.«

»Was wirst du tun, wenn du dort ankommst?«

»Sie um Verzeihung bitten. Und wenn ich das Glück habe, dass sie mir vergibt, werde ich sie bitten, mich zu heiraten.« Bislang hatte sie nicht heiraten wollen. Warum sollte er glauben, er könnte sie jetzt dazu überreden? All dies schien hoffnungslos.

Trotzdem würde er es auf einen Versuch ankommen lassen.

~

Obwohl Charlotte schon seit drei Tagen daheim war, hatte sie sich noch immer nicht richtig eingelebt. Nach dem letzten Monat war sie sich nicht sicher, ob sie sich jemals wieder so fühlen würde. Zumindest nicht in naher Zukunft. Der Aufenthalt auf Blickton bei den Cosfords und ihren Kindern war wie ein Balsam gewesen, aber nun war sie bereit, ihr altes Leben wieder aufzunehmen.

Falls sie doch noch nicht bereit dazu sein sollte, fühlte sie sich dazu gezwungen. Schließlich konnte sie nicht ewig in Selbstmitleid schwelgen.

Außerdem war es ja nicht so, als wüsste sie nicht, wie man sich von solch einer Niederlage erholt. Sie wusste, dass sie es schaffen konnte.

Warum also kam ihr dies jetzt noch schwieriger als vor zehn Jahren vor?

Weil sie Roth mehr liebte, als sie Sidney geliebt hatte. Es gab eine Verbindung zwischen ihr und Roth – das war ihr vom ersten Moment an bewusst gewesen, als sie sich kennengelernt hatten. Das war auch der Grund, weshalb sie so verbissen darum gekämpft hatte, sich vor ihm zu schützen. Und warum ihr das so schwer gefallen war.

Auf der Suche nach Dingen, von denen sie sich noch trennen könnte, blickte sie sich in ihrem Salon um. Vielleicht würde der Schreibtisch einen guten Preis erzielen. Sie könnte ihre Briefe am Frühstückstisch schreiben.

Als sie drei Tage zuvor nach Birmingham zurückgekehrt war, hatte sie einen Brief von Sleaford vorgefunden, indem er sie aufforderte, die tausend Pfund zurückzuzahlen, die sie seinem Cousin gestohlen hatte. Sie plante, ihre Ersparnisse zusammenzukratzen und alles zu verkaufen, was sie aus dem Haus entbehren konnte. Damit würde sie etwa die Hälfte des Geldes aufbringen. Dann würde sie in eine kleinere Wohnung umziehen, um Ratenzahlungen leisten zu können, bis der Restbetrag beglichen war. Dafür würde sie wahrscheinlich den Rest ihres Lebens brauchen, und sie müsste ihren Haushalt verkleinern.

Sie würde keine jungen Frauen, so wie Hilda, mehr zur Ausbildung in Dienst nehmen können, die nach Blickton gekommen war, während Charlotte dort war. Sie hatte sich wunderbar eingefügt, und die Cosfords waren froh, sie zu haben.

»Mrs. Dunthorpe?« Charlottes Haushälterin, Mrs. Atherton, trat gerade mit einer Kerze in den Salon. Sie war eine echte Witwe mit ergrautem bräunlichen Haar, das sie mit ihrer stets präsenten weißen Haube bedeckte, und einem ausnehmend gutherzigen Gemüt, das mit ihrem scharfen Verstand einherging. Sie war der Grund für den Erfolg der jungen Frauen, die in Charlottes Haushalt ausgebildet wurden, den sie anderswo hatten. »Ich meine, Miss Harnessmaker. Eines Tages werde ich mich nicht mehr korrigieren müssen.«

Charlotte hatte ihren Haushalt von ihrer wahren Identität in Kenntnis gesetzt und dem Grund, aus dem sie sich unter einem neuen Namen als Witwe ausgegeben hatte. Niemand von ihnen hatte sich daran gestört, sie waren sogar verständnisvoll und hatten ihr Handeln befürwortet. Ihre einzige Sorge bezog sich auf die Frage, ob sie vorhatte, in Birmingham zu bleiben. Sie hatte ihnen zwar versichert, dass sie dies tun würde, ohne allerdings zu erwähnen, dass sie eine kleinere Wohnung nehmen müsste, was für die Hälfte von ihnen bedeuten würde, eine neue Stelle zu finden. Ihnen das mitzuteilen, wäre die schwierigste Aufgabe, und noch war sie nicht ganz bereit, sie anzugehen.

»Es ist alles in Ordnung, Mrs. Atherton«, versicherte Charlotte lächelnd. »Brauchen Sie etwas?«

»Nein, ich habe nur das Licht hier drinnen brennen sehen und mich gefragt, ob Sie es sind.«

»Ich bin es tatsächlich.« Im Lichtschein der Kerze konnte Charlotte die Besorgnis in den Zügen der Frau erkennen. »Ich weiß es zu schätzen, dass Sie reingeschaut haben. Es ist alles in Ordnung.«

Mrs. Atherton nickte. »Ich bin froh, das zu hören. Ich weiß, dass dies eine schwierige Zeit für Sie war.«

Die Haushälterin wusste nicht einmal die halbe Wahrheit. Charlotte hatte zwar von ihrer Vergangenheit berichtet, aber Roth hatte sie dabei nicht erwähnt. Was hätte es für einen Sinn, über ihn zu sprechen?

»Ich bin froh, einen Moment mit Ihnen verbringen zu können«, meinte Mrs. Atherton. »Ich habe versäumt, Sie über einen Besucher zu informieren, der hier während Ihrer Abwesenheit vorgesprochen hat.«

Charlotte erstarrte. Hatte Sleaford seinen Brief persönlich überbracht? Hatte er Mrs. Atherton belästigt?

»Es ist schon eine ganze Weile her, etwa einen Monat oder so. Jedenfalls erschien der Earl of Rotherham hier und wirkte überaus bestürzt über die Tatsache, dass Sie nicht hier waren. Er wollte wissen, wo Sie sich aufhalten, aber ich war mir nicht sicher, denn wir hatten Sie aus Blickton zurück-erwartet.«

Roth war hergekommen? Vor einem Monat? Das musste gewesen sein, gleich nachdem er in Hereford die Wahrheit erfahren hatte. Ihr Herz schlug schneller, und ihre Handflächen fühlten sich feucht an.

Mrs. Atheron legte die Stirn in Falten und schürzte die Lippen. »Oje, wie ich sehe, habe ich Sie aufgeregt. Bitte entschuldigen Sie vielmals, dass ich seinen Besuch zuerst vergessen hatte. Ich fühle mich deswegen ganz furchtbar.«

Charlotte wusste, dass Mrs. Athertons Schwester etwa zur gleichen Zeit krank gewesen war. Es war nicht überraschend, dass ihr die Begebenheit entfallen war. »Ich mache Ihnen nicht die geringsten Vorwürfe. Bitte machen Sie sich keine Gedanken darüber.«

»Ich werde mich bemühen, das nicht zu tun, aber Sie wissen ja, dass ich es trotzdem mache.« Mrs. Atherton schenkte ihr ein zartes Lächeln. »Ich begebe mich jetzt zu Bett. Wenn ich irgendetwas tun kann, und sei es nur zuhören, lassen Sie es mich bitte wissen.«

»Das ist sehr nett von Ihnen«, antwortete Charlotte. Mrs. Atherton hatte sie beinahe seit ihrer Ankunft in Birmingham begleitet. Ihre Beziehung besaß mehr Tiefe als die zwischen einer Arbeitgeberin und Haushälterin. »Gute Nacht.«

»Gute Nacht.«

Nachdem die Haushälterin nach oben gegangen war, beschloss Charlotte, ebenfalls zu Bett zu gehen, obwohl sie Zweifel hatte, dass sie bald würde schlafen können.

Roth war auf der Suche nach ihr hergekommen! Aber warum? Wollte er sie immer noch? Sollte sie ihn aufsuchen? Ihm schreiben? Vergessen, dass sie sich je begegnet waren?

Charlotte strebte auf die Eingangshalle zu, die gleichzeitig die Treppenhalle war, und hörte ein Schlurfen vor der Tür. Sie ging hin, um sich zu vergewissern, dass der

Riegel sicher war. Ein Klopfen an der Tür ließ sie aufschrecken.

Wer würde um fast zehn Uhr abends vorsprechen?

»Wer ist da?«, rief sie. Es war der freie Abend ihres Dieners.

Die Tür schob sich nach innen – der Riegel war augenscheinlich nicht eingerastet – und eine große Gestalt trat ein. Die Angst packte Charlotte innerlich, und als sie die Identität des Mannes erkannte, verstärkte sie sich noch.

Sleaford starrte auf sie herab. Seine Lippen verzogen sich zu einem grausamen Lächeln. »Endlich sind Sie zurückgekehrt. Ich wusste, dass es nur eine Frage der Zeit wäre, also habe ich jemanden nach Ihnen Ausschau halten lassen.« Er schloss die Tür hinter sich.

Charlotte wich verzweifelt zurück. »Sie können hier nicht einfach hereinplatzen.«

Er setzte den Hut ab und zog seine Handschuhe aus, die er auf einen schmalen Tisch legte. »Ich bin gekommen, um die Rückzahlung dessen zu besprechen, was Sie gestohlen haben. Haben Sie meinen Brief erhalten?«

»Ja.« Charlotte schluckte. »Ich würde es vorziehen, dies bei Tageslicht zu besprechen. Sie können morgen wiederkommen.« Ehrlich gesagt, wollte sie ihn überhaupt nicht hier haben, aber sie wollte auch alles tun, um ihn aus ihrem Leben zu vertreiben.

»Danke«, sagte er und klang dabei fast ... freundlich. »Ich werde auch morgen wiederkommen. Aber da ich nun schon einmal hier bin, lassen Sie uns Ihren Rückzahlungsplan besprechen.« Sleaford packte sie am Ellbogen und zog sie in den nächsten Raum, der zufälligerweise das Speisezimmer war.

»Lassen Sie mich los«, rief Charlotte und entriss ihm ihren Arm.

Er drückte sie fest, bevor er sie losließ. »Verzeihen Sie.

Ich möchte Sie nicht beunruhigen.«

Erleichtert, dass er sie losgelassen hatte, rieb sie sich den Arm. Trotzdem hatte sie Angst. Wie sollte sie ihn dazu bewegen, wieder zu gehen? »Ihre Forderung nach Rückzahlung des Geldes, das Sidney mir *gegeben* hat, ist beunruhigend. Dass Sie hier ohne Termin und zu dieser späten Stunde erscheinen, ist noch beunruhigender. Bitte kommen Sie morgen wieder.«

Er legte die Stirn in Falten. »Das klingt so, als ob Sie immer noch darüber hadern, ob Sie das Geld zurückzahlen sollten. Das ist nicht strittig. Sie haben das Geld gestohlen. Sie werden es zurückzahlen, oder ich werde Sie strafrechtlich verfolgen lassen. Über die Bedingungen der Rückzahlung hinaus gibt es nichts zu besprechen.« Er schritt auf sie zu. »Nun, ich wäre mit einem Arrangement einverstanden, wie ich es früher schon vorgeschlagen hatte, zusätzlich zu einer Geldsumme. Ich brauche Geld, und ich fürchte, das andere Arrangement allein würde nicht ausreichen.«

Arrangement.

Das er schon einmal vorgeschlagen hatte.

Das konnte nur eines bedeuten. Er erwartete, dass sie seine Geliebte wurde. Der Mann war mehr als wahnhaft. Ihre Angst bekam eine unheimliche Schärfe.

»Ich bin nicht an irgendeiner Art von ›Arrangement‹ interessiert. Ich fordere Sie auf zu gehen. Wir können das morgen oder übermorgen in der Kanzlei meines Anwalts besprechen.« Sie hatte keinen Anwalt, aber sie würde sich verdammt noch mal einen besorgen.

Er streckte die Hand aus, um ihr Gesicht zu berühren, und Charlotte zuckte mit dem Kopf zurück. »Fassen Sie mich nicht an«, fauchte sie.

»Unverschämte Schlampe«, brachte er mit sanfter Drohung hervor, während er ihr Kinn packte und ihren Arm noch einmal umklammerte. »Ich mache, was ich will, du kleine Diebin, und du wirst mich gewähren lassen, oder du verbringst den Rest deines Lebens in einer Strafkolonie.«

Entsetzen durchfuhr sie. Sie hatte keinen Beweis außer ihrem Wort, dass Sidney ihr das Geld gegeben hatte. Und Sleaford, so abscheulich er auch sein mochte, war ein Viscount. Keiner würde ihr mehr glauben als ihm. »Ich zahle es zurück. Ich habe etwas zu verkaufen. Ich kann Ihnen innerhalb einer Woche fünfhundert Pfund aushändigen.«

Er grub seinen Daumen und Zeigefinger in ihr Kinn. »Das ist ein guter Anfang. Aber ich möchte meine erste Zahlung heute Abend entgegennehmen. Wo ist das Schlafzimmer?«

Tränen brannten in Charlottes Augen. Sie hatte nicht vor, sich ihm zu unterwerfen. Verzweifelt hob sie ihr Knie und rammte es in seine Leistengegend.

Als er sie losließ, taumelte er nach hinten. Charlotte sah sich nach einer Waffe um. Ihr Blick fiel auf die Feuerstelle auf dem Kaminboden. Alles verschwamm vor ihren Augen, als die Emotionen sie überkamen, und sie griff nach dem Schürhaken.

Sie packte den Griff und schleuderte ihn in die Luft. Und was wollte sie damit tun? Ihn schlagen? Das würde ihre Probleme nur verschlimmern.

Vage nahm sie wahr, dass Sleaford erst gestöhnt und nun damit aufhört hatte. Sie blinzelte und kämpfte um die Erlangung ihres Gleichgewichts. Er kam auf sie zu, und sein Gesicht war eine Maske der Wut.

Ihr blieb keine andere Wahl, als zu ihrer Verteidigung auf ihn einzuschlagen. Und sie musste ihn kampfunfähig machen, wenn sie eine Chance haben wollte, sich zu retten. Ihn zu erschrecken würde nicht ausreichen.

Dann würde sie wieder flüchten und beten müssen, dass sie diesmal nicht entdeckt wurde. Sonst würde sie in dieser Strafkolonie landen – oder noch schlimmer.

KAPITEL 12

Vor Charlottes Haus stand bereits eine Kutsche. Roth runzelte die Stirn. Vielleicht hatte sie Gäste. Sollte er warten, bis sie gegangen waren? Das würde angesichts der Uhrzeit sicher bald sein.

Roths Kutsche kam hinter der anderen zum Stehen. Obwohl er warten sollte, fand Roth, dass er es einfach nicht konnte.

Er öffnete die Tür seiner Kutsche, sprang ins Freie und lief eilig die kurze Treppe zu ihrer Haustür hinauf. Er holte tief Luft, um sich zu beruhigen – oder versuchte es zumindest. Sein Herz hämmerte vor Vorfreude.

Er zögerte. Es war eine unmögliche Zeit, um jemandem einen Besuch abzustatten, insbesondere wenn derjenige bereits Unterhaltung hatte.

Dann hörte er einen Schrei und ein Krachen. *Verdammter Mist.*

Roth drückte die Schulter gegen die Tür an und war froh, dass sie unter seinem Gewicht nachgab. Als er sich zurechtfand, erhaschte er linkerhand eine Bewegung. Es war reichlich düster, und nur ein paar Wandlampen waren in der

Eingangshalle angezündet und ein schwacher Lichtschimmer war von dort zu sehen, von wo das Geräusch ausging.

Ohne sich vorzusehen, stürmte er in das Esszimmer, das sich als solches herausstellte. Zwei Gestalten rangen auf der anderen Tischseite. Er rannte herum und sah, dass es Charlotte und ein großer Mann waren.

»Charlotte!«, rief er, kurz bevor er bei ihr war.

Sie wirbelte herum und prallte gegen ihn, als er endlich das Gesicht ihres Angreifers erkannte: Sleaford.

»Stell dich hinter mich«, befahl Roth düster.

Charlotte schlüpfte hinter seinen Rücken und klammerte sich an seinen Frack.

»Was zum Teufel tun Sie da, Sleaford?« Roth hatte die Hände zu Fäusten geballt, und war bereit, nötigenfalls zuzuschlagen.

Sleaford grinste spöttisch. »Das geht Sie nichts an, Rotherham. Sehen Sie freundlicherweise zu, dass Sie hier verschwinden.«

Freundlicherweise? Roth war sich nicht sicher, was passiert war, aber Charlotte hatte eindeutig Angst und Sleaford war fuchsteufelswild. »Sie sind derjenige, der gehen muss.«

»Diese Frau steht unter meiner Obhut«, behauptete Sleaford, sehr zu Roths Unglauben. »Ich habe jedes Recht, hier zu sein. Sie sind derjenige, der nicht erwünscht ist.«

»Davon ist gar nichts wahr«, raunte Charlotte hinter Sleaford. »Ich habe Sleaford gebeten, zu gehen.«

»Wir haben Geschäfte zu erledigen, meine Süße.« Sleaford verzog seine Lippen zu einem süffisanten Lächeln.

»Heute Abend nicht«, widersprach Roth. »Ihre Anwesenheit hier ist unerwünscht, Sleaford. Ziehen Sie Leine, ehe ich die Obrigkeit kommen lasse.«

»Bitte tun Sie das, damit ich denen mitteilen kann, dass

Miss Harnessmaker mir tausend Pfund gestohlen hat.« Er schürzte seine dünnen Lippen, als sein Blick auf Charlotte fiel, die sich an Roths Seite begeben hatte. »Ich hatte gehofft, dass wir vermeiden könnten, Sie nach Australien zu schicken, aber es scheint, dass Ihnen dieses Schicksal beschieden ist.«

Roth hielt einen Arm vor Charlotte, nicht weil er dachte, sie würde sich auf Sleaford stürzen – obwohl er ihr das nicht verübeln würde, wenn dem so wäre – sondern weil er seinem Widersacher klarmachen wollte, dass sie unter *seinem* Schutz stand.

»Sie haben keine Beweise für irgendetwas«, spuckte Roth. »Charlotte sagt, ihr Verlobter habe ihr das Geld gegeben, und ich glaube ihr. Ich vermute, wenn wir seinen Diener und andere Leute ausfindig machen, die ihn damals gekannt haben, würden sie Charlottes Schilderung der Ereignisse wahrscheinlich bestätigen. In Newark-on-Trent habe ich kürzlich eine ganze Reihe netter Leute getroffen, die Charlotte durchweg verehrten und traurig über das Versterben ihres Verlobten waren. Niemand fand es seltsam, dass sie fortging, um den Erinnerungen an ihren Liebeskummer auszuweichen.«

»Du warst dort?«, flüsterte Charlotte.

»Ja«, antwortete er leise. »Das werde ich dir später erklären.«

Sleaford zögerte, bevor er sein Kinn vorstreckte. »Wir müssen abwarten, was der Richter sagt.« In seiner Stimme lag ein Hauch von Unsicherheit.

Roth war bestrebt, den Schurken für immer loszuwerden. »Dann sollten wir nach der Obrigkeit schicken. Ich bin mir sicher, dass es jeden interessieren wird, was Sie heute Abend hier uneingeladen hergeführt hat. Für mich klang es und es sah auch ganz danach aus, als ob Sie ungewollte Annäherungsversuche unternommen hätten. In der Tat, ich glaube sogar, dass ich Sie zum Duell fordern sollte.« Roth wagte nicht, Charlotte anzuschauen, aber er warf ihr einen kurzen Blick zu. »Hat er dir etwas angetan?«

»Nein, aber er hat mich angegriffen und mich furchtbar bedroht.«

»Ach, dann verlangt die Ehre, dass ich dich verteidige.« Roth sah Sleaford aus schmalen Augen an. »Ich werde in den nächsten dreißig Sekunden Genugtuung verlangen, wenn Sie nicht verschwinden – und niemals wiederkommen.«

Sleaford stotterte. Seine Untätigkeit spornte Roth zum Handeln an. Er stürzte nach vorne und packte Sleaford an den Frackaufschlägen. Dann schob er ihn um ein Ende des Tisches herum, bevor er dann vor ihm herging und ihn mit sich in die Eingangshalle zerrte.

Charlotte hatte es ebenfalls bis dorthin geschafft und öffnete nun die Tür. Roth stieß ihn über die Schwelle und in die Nacht hinaus. Sleaford verlor den Halt und stürzte die Treppe hinunter.

»Kommen Sie nicht zurück«, warnte Roth. »Ich habe eine Pistole, und das nächste Mal werde ich sie benutzen.« Er würde sie aus der Kutsche holen, sobald Sleaford weg war. »Und wenn Sie Miss Harnessmaker noch einmal belästigen, entweder persönlich oder indem Sie mit jemandem über sie sprechen, werde ich Sie finden und dafür sorgen, dass Sie nie wieder ein Wort sagen können. Haben Sie mich verstanden?«

»Ich–« Keuchend schnappte Sleaford nach Luft zischte. »Ja.«

»Gut. Und jetzt weg von der Straße, bevor ich die Obrigkeit herbeirufe. Ich zähle bis zehn.« Er begann zu zählen, und Sleaford sprang auf.

Dann stürzte er ins Innere seiner Kutsche, und das Fahrzeug setzte sich in Bewegung, bevor Roth die Zehn erreicht hatte.

»Roth!«

Obwohl er zu Charlotte eilen wollte, ging er zuerst zur Kutsche hinunter, wo sein Kutscher, der den Austausch mit Sleaford gehört hatte, bereits die Pistole aus dem Kasten hinter dem Sitz holte. Er reichte sie Roth. »Bitte sehr, Mylord. Soll ich hier bleiben, falls er zurückkommt? Ich habe natürlich die andere Pistole und das Gewehr.«

»Ja, bleiben Sie bitte etwa eine halbe Stunde hier und dann können Sie zu den Stallungen fahren.«

Er nickte, und Roth kehrte zu Charlottes Haus zurück, schloss die Tür hinter sich und versperrte sie mit dem Riegel. Sie stand in der Eingangshalle und sprach mit einer Frau mittleren Alters, die eine Kerze umklammert hielt. Roth erinnerte sich, dass diese Frau die Haushälterin war.

»Mrs. Atherton, wahrscheinlich erinnern Sie sich an Lord Rotherham. Ich habe ihm dafür zu danken, dass er mich vor einem Besucher mit bösen Absichten gerettet hat. Roth, dies ist meine Haushälterin, aber wie ich es verstanden habe, hast du vor einigen Wochen schon Bekanntschaft mit ihr gemacht.«

»Tatsächlich habe ich das. Es ist schön, Sie wiederzusehen, Mrs. Atherton. Ich hoffe, dass Sie nicht unter zu viel Aufregung von all den Ereignissen leiden, die sich gerade zugetragen haben.«

Mrs. Atherton schüttelte den Kopf. »Ich bin froh zu hören, dass alles in Ordnung ist. Ich dachte, ich hätte etwas gehört und dann habe ich eindeutig einen Schrei vernommen, also bin ich die Treppe heruntergekommen. Ich hätte gleich kommen sollen, als ich dachte, ich hätte etwas gehört. Ich war überzeugt, dass Anna sich vor einer Maus erschreckt hatte.«

Charlotte sah Roth an. »Anna ist eines unserer Dienstmädchen in Ausbildung.«

Roth blinzelte und nun, da die Gefahr vorüber war, fühlte

er sich ein bisschen verwirrt und sein Puls verlangsamte sich. »Dein was?«

»Ich nehme junge Frauen auf, die sich in meinem Haus zum Dienstmädchen ausbilden lassen möchten. Anschließend suchen sie sich eine Anstellung in einem Haushalt oder gar einem Gasthaus.«

Obwohl er von dieser Neuigkeit überrascht war, wunderte es ihn nicht, dass Charlotte etwas derart Hilfreiches und Großzügiges tat. »Was hat dich veranlasst, das zu tun?«

»Ich wusste, welches Glück ich gehabt hatte, als ich diese Summe von Sidney erhielt. Damals habe ich mir geschworen, dass ich sie benutzen würde, um nicht nur mir selbst zu helfen, sondern auch anderen wie mir – jungen Frauen, die vielleicht keine Unterstützung von ihrer Familie haben oder die Möglichkeit, ihre Zukunft selbst zu wählen.«

»Sie hat Dutzenden von Frauen geholfen«, warf Mrs. Atherton ein. »Wir haben gerade zwei in Ausbildung.« Sie klang stolz und sie lächelte Charlotte herzlich an.

»Unser Erfolg ist hauptsächlich Mrs. Atherton zuzuschreiben«, meinte Charlotte und erwiderte damit die Bewunderung der Haushälterin.

»Sie beide sind sehr zu loben. Sie wecken meine Lust, etwas Ähnliches in meinem Londoner Haus aufzuziehen. Aber ich wäre auf Hilfe angewiesen. Im Idealfall von jemandem mit Erfahrung.« Er blickte Charlotte mit all der Liebe an, die in seinem Herzen aufwallte.

»Ich werde mich jetzt nach oben zurückziehen«, verkündete Mrs. Atherton. »Es ist schön, Sie wiederzusehen, Lord Rotherham.«

Roth nickte der charmanten Haushälterin zu. »Und Sie, Mrs. Atherton.«

Als Mrs. Atherton im hinteren Teil des Hauses

verschwunden war – wo sich vermutlich die Dienstbotentreppe befand –, schlug Charlotte die Hände vor sich zusammen und kaute auf ihrer Lippe herum. Sie machte den Eindruck, als wüsste sie nicht recht, was sie sagen sollte.

»Gibt es einen Platz, an dem wir uns ... ungezwungener unterhalten können?«, erkundigte Roth sich. »Ich bin hierhergekommen, um mit dir zu reden.«

»Ja, gewiss.« Dann drehte sie sich um. »Ich habe ein Wohnzimmer.« Sie führte ihn in den Raum hinter dem Speisezimmer, bei dem es sich um einen kleinen, aber gut ausgestatteten und femininen Raum handelte, der in hellen Gelb- und Korallentönen gehalten war, während einige kräftige Rot- und Goldtöne Akzente setzten. Wer auch immer den Raum dekoriert hatte, besaß ein Auge für Farben, ohne dass es überladen wirkte. Der Raum passte perfekt zu Charlotte.

Sie blieb mitten im Raum stehen und wirkte ebenso unbehaglich wie vor ein paar Augenblicken.

Roth bewegte sich langsam auf sie zu, doch dann blieb er stehen, ehe er ihr zu nahe kam. »Ist alles in Ordnung mit dir? Das muss eine beängstigende Situation gewesen sein.« Er betrachtete ihr Gesicht und bemerkte, dass ihr Kinn gerötet war. Dann trat er näher heran. »Hat Sleaford das getan?«

Sie tippte mit den Fingerspitzen rechts neben ihrem Kinn an ihren Kiefer. »Er hat mich gepackt.«

Er hätte sie angegriffen, hatte sie gesagt, aber Roth hatte nicht wirklich darüber nachgedacht, wie sich dies im Einzelnen darstellte. All das war so schnell passiert. »Ich hätte ihn zu einem Duell herausfordern sollen. Das kann ich noch immer tun.« Sein Zorn packte ihn. Noch vor dem Morgengrauen würde er Sleaford zur Strecke bringen. Tatsächlich hielt Roth immer noch die Pistole in der Hand, die sein Kutscher ihm gegeben hatte.

Charlottes Hand, mit der sie ihn am Ärmel berührte,

durchbrach seine Wut. »Bitte nicht. Ich glaube, du hast ihn verjagt. Zumindest für den Moment. Ich kann die zeitliche Abstimmung deiner Ankunft kaum fassen.« Sie wirkte benommen.

»Dem Himmel sei Dank dafür«, entgegnete Roth fest und wollte nicht daran denken, was hätte passieren können, wenn er nicht in aller Eile von Blickton hierher gefahren wäre.

»Und ich werde mich bei *dir* bedanken.« Sie begegnete seinen Augen mit Dankbarkeit und Vertrauen. Dinge, die er, so wie er sie in Hereford behandelt hatte, gar nicht verdiente.

Endlich war er bei ihr. Plötzlich war er beinahe genauso außer Atem wie vorhin als er hereingekommen war und sie mit Sleaford hatte kämpfen sehen, allerdings auf eine ganz andere Weise.

»Ich habe dich gesucht«, murmelte er. »Ich kam hierher, und als du nicht heimgekommen bist, bin ich nach Newark-on-Trent gereist.«

»Das hast du gesagt«, murmelte sie. »Ich kann kaum glauben, dass du das getan hast.«

»Ich wollte dich unbedingt finden. Es ist wirklich ein wunderschönes Städtchen, und was ich zu Sleaford gesagt habe, habe ich ernst gemeint. Du wirst dort geliebt – und vermisst.«

Sie schniefte und presste eine Hand auf ihren Mund. »Ich muss mich setzen.« Taumelnd stolperte sie auf das blassgelbe Sofa mit den korallenfarbigen Blumen zu.

Roth eilte ihr zu Hilfe, doch da saß sie bereits auf dem Polster. Er ließ sich neben ihr nieder und legte die Pistole auf den Tisch neben dem Sofa. Obwohl er sie in die Arme nehmen und beruhigen wollte, lag ihm nicht daran, sie aufzuregen. Gerade erst war sie von einem anderen Mann praktisch angefallen worden.

»Kann ich dir etwas bringen? Hast du einen Brandy oder etwas anderes, das dich beruhigen könnte?«

»Danke, das würde helfen.« Sie deutete auf einen Barschrank. »Dort müsste etwas zu finden sein.«

Roth sprang auf und beeilte sich, ihr ein Glas des beruhigenden Brandys einzuschenken. Zumindest hoffte er auf seine wohltuende Wirkung. Er brachte ihr das Glas, und ihre Finger berührten sich, als sie es ihm abnahm.

Charlotte hob den Blick zu ihm, und er hätte schwören können, dass sich seine Liebe, die er für sie empfand, in ihrem Blick widerspiegelte. Allerdings hatte sie ihm in Hereford doch schon gestanden, dass sie ihn liebte, nicht wahr?

»Ich war so grässlich zu dir in Hereford.« Er ließ sich neben sie sinken, sein Bein streifte ihres.

Sie trank einen großen Schluck von ihrem Brandy und stellte das Glas dann auf den Tisch, der auf der anderen Seite des Sofas platziert war, ehe sie sich ihm zuwandte. »Du warst schockiert und wütend, und du hattest jedes Recht dazu.«

»Ich hätte dich nicht gehen lassen dürfen. Was für ein Mann tut so etwas?« Er wurde von seiner Beschämung aufgrund seines Verhaltens übermannt. »Am nächsten Morgen ging ich zu deinem Gasthaus, aber du warst schon fort.«

»Ich nahm die erste Kutsche, die ich bekommen konnte.«

»Nach Blickton.«

»Nach Worcester, um genau zu sein. Dort habe ich beschlossen, nach Blickton zurückzukehren. Ich hatte einen Brief vorausgeschickt, und Cecilia hat mich in Coventry abgeholt. Ich hatte nicht nach Hause gewollt. Außerdem hatte ich Angst, dass Sleaford dort nach mir suchen könnte.«

»Und das hat er heute Abend getan.«

»Er hatte jemanden beauftragt, ein Auge auf das Haus zu haben«, meinte Charlotte. »Erst vor drei Tagen bin ich hier eingetroffen. Und ich bin so froh, dass du gerade jetzt gekommen bist.« Ihr Atem stockte, und er erkannte, wie ihr die Tränen in die Augen stiegen.

»Oh, mein Liebling, das bin ich ebenfalls. Bitte erlaube mir, dich zu halten. Bitte erlaube mir, dich zu lieben.«

Sie riss die Augen auf und eine Träne rann ihr über die Wange. »Du liebst mich?«

»Mehr als ich für möglich gehalten habe. Doch ihr hatte mir vorgenommen, niemanden zu lieben, nicht nach meiner Frau.« Irgendwie war der Schmerz, den er gewöhnlich beim Gedanken an sie verspürte, beinahe bittersüß geworden. »Ich war so verliebt in sie, und ich dachte, sie in mich. Aber als sie krank wurde, gestand sie mir, dass sie mich überhaupt nicht liebte, und sie mich nur geheiratet hat, weil ihre Eltern darauf bestanden hatten.«

»Sie hat dich angelogen«, flüsterte Charlotte. »Kein Wunder, dass du nicht mehr lieben wolltest. Und dann bin ich gekommen und habe dich auch noch angelogen. Es tut mir so leid, Roth.«

»Das ist nicht dasselbe«, entgegnete er fest. »Ich verstehe, warum du lügen musstest. Und ich weiß auch, dass du mich aufrichtig liebst. Hast du das wirklich so gemeint, als du das in Hereford gesagt hast?«

Charlotte lehnte sich an ihn, und er schloss sie in seine Arme, um sie festzuhalten. »Ja, ich *liebe* dich. Von ganzem Herzen.«

»Ich empfinde genau das Gleiche.« Er küsste sie auf die Stirn, als ihn die Gefühle übermannten. »Ich liebe dich über alle Maßen, aber zuerst muss ich dich um Verzeihung bitten.« Er rutschte von der Couch auf sein Knie und nahm ihre Hand.

Charlotte schüttelte den Kopf. »Es gibt nichts zu verzeihen. Ich bin diejenige, die dich um Verzeihung bitten sollte.«

»Es gibt auch für mich nichts zu verzeihen. Es tut mir

leid, dass mir nicht ganz klar gewesen war, was du durchge-macht hast, als dein Verlobter starb, und wie schnell du gewichtige Entscheidungen treffen musstest, die dein ganzes Leben beeinflussen würden.« Er lächelte sie an. »Ehrlich gesagt bewundere ich, was du zu deinem Schutz unter-nommen hast, und was du aus eigener Kraft erreichen konn-test. Wenn ich dich nicht schon lieben würde, fiele mir das jetzt sehr leicht.«

»Du verstehst es wirklich«, meinte sie leise.

»Ich habe nur eine Spur zu lange gebraucht.« Er schnitt eine Grimasse. »Ich bedaure mein Betragen in Hereford zutiefst.«

»Lass uns nicht länger zurückblicken. Ich bin froh, dass du mir glaubst.«

»Daran besteht kein Zweifel. Ich weiß, dass du den einzigen Weg gewählt hast, der dir möglich erschien und den dir dein Verlobter – wofür ich ihm dankbar bin – vorge-geben hat.« Er drückte ihr die Hand. »Nun lass uns nach vorn schauen. Charlotte Harnessmaker, willst du mir die Ehre erweisen und meine Frau werden? Das heißt, wenn du deine Meinung über eine Eheschließung geändert hast.« Er vermutete, dass dem nicht so war, und sie auch in dieser Hinsicht nicht ganz aufrichtig gewesen war. Sollte er sich irren, würde er bitter enttäuscht sein, denn das hieße, dass sie ihn wirklich nicht heiraten wollte.

Ein kleines Lächeln umspielte ihre anbetungswürdigen Lippen, als sie sich die Tränen wegwischte. »Ich habe dir gesagt, ich will nicht heiraten, weil ich es mit diesem Geheimnis nicht konnte. Wie können sie das Aufgebot für die Hochzeit eines Earls mit einer Frau verlesen lassen, die gar nicht existiert? Manchmal vergesse ich, dass du ein Earl bist. Warum um alles in der Welt solltest du mich heiraten wollen?«

»Warum um alles in der Welt sollte ich das nicht wollen?

Du bist klug, liebenswürdig, bringst mich zum Lachen, schätzt *beredete* Landschaften, tanzt gern und kannst eine Küche hervorragend führen, auch wenn du nicht die beste Köchin bist.«

Sie kicherte, doch dann wurde sie rasch wieder nüchtern. »Sind das die Dinge, die eine Countess auszeichnen? Ich habe nicht die blasseste Ahnung, Roth. Ich möchte dich nicht in Verlegenheit bringen. Das wird sicher passieren, wenn alle erfahren, was ich getan habe.«

»Das werden sie nicht. In dem Moment, in dem Sleaford den Mund auftut, wird sein Leben, so wie er es kennt, vorbei sein. Er wird uns nicht mehr belästigen, insbesondere dann nicht, wenn du meine Countess wirst. Das heißt, für den Fall, dass du ja sagst.«

»Wenn die Leute es nicht herausfinden, werden sie ganz sicher dahinterkommen, dass ich die Tochter eines Gastwirts bin.«

»Das ist nicht auszuschließen und es ist mir egal. Sie werden dich kennenlernen, dich mögen und dich in die Gesellschaft aufnehmen. Was könnten sie angesichts deiner bemerkenswerten Eigenschaften auch anderes tun?«

»Deine Zuversicht ist gleichermaßen ermutigend und entmutigend.«

Er drückte ihr die Hand, als er sich wieder auf das Sofa setzte. »Wirst du mir vertrauen, dass ich für deine Sicherheit und dein Glück Sorge trage?«

»Was ist mit deinen Töchtern? Was ist, wenn sie mich nicht mögen?«

Suchte sie nach Gründen, um Nein zu sagen? »Sie werden dich ebenso lieben wie ich.« Er zauderte und seine Brust wurde eng. »Vielleicht habe ich die Sache falsch verstanden. Vielleicht willst du wirklich unverheiratet bleiben?«

Daraufhin zog sie seine Hand ganz auf ihren Schoß und

streichelte mit der freien Hand über seinen Handrücken. »Ich war am Boden zerstört, als Sidney starb. Ich hatte mich schon so darauf gefreut, seine Frau und dann Mutter zu werden. So schwierig es auch gewesen wäre, als unechte Witwe allein auf sich gestellt ein Kind zur Welt zu bringen, war ich trotzdem am Boden zerstört, dass ich nicht schwanger war.«

»Mein lieber Schatz«, flüsterte er. »Es tut mir so leid.«

Sie blickte ihm voller Liebe und noch einem anderen Ausdruck in die Augen, den er für Hoffnung hielt. »Eine Chance zu einer Heirat und Mutterschaft ist mehr, als ich je für möglich gehalten hätte. Es ist ein wahr gewordener Traum.«

»Und jemanden zu finden, der nicht nur eine wunderbare Mutter für meine Töchter sein wird, sondern auch meine Liebe erwidert, ist ein Traum, vor dem ich mich gefürchtet habe.«

»Dann hat es ganz den Anschein, als würden wir uns gegenseitig ergänzen.« Sie grinste, und ihre Augen funkelten. »Meine Antwort lautet ja. Ich will deine Frau werden.«

Er schloss sie in seine Arme und küsste sie, erst sanft, dann mit aller Leidenschaft, die sich im letzten Monat in ihm angestaut hatte. Sie zerschmolz an ihm, als sie seinen Kuss erwiderte, ihre Hände hielten zunächst seine Schultern und umklammerten dann seinen Nacken.

Als sie sich schließlich trennten, lächelte Roth. »Als Erstes muss ich einen Verlobungsring besorgen.«

Charlotte lachte. »Als *Erstes*? Ich denke, das Erste, was du tun musst, ist zu entscheiden, was dein Kutscher tun wird, nachdem er deine Kutsche zum Stall gebracht hat.«

»Das stimmt vermutlich«, antwortete Roth schmunzelnd. »Er wird hierherkommen. Hast du ein Zimmer für ihn?«

»Ja. Wir müssen auf ihn warten, da mein Diener heute

Abend frei hat. Wenn er hier gewesen wäre, hätte er Sleaford nicht hereingelassen. Und bevor du fragst: Ich war gerade dabei, den Riegel vorzulegen, als er gegen die Tür stieß. Diesen Fehler – mich nicht schon früher versichert zu haben, dass die Tür richtig verschlossen ist – werde ich nie wieder machen.«

»Ich werde hier sein und dich beschützen.« Er küsste sie erneut.

Wenige Augenblicke später, als sie eine Verschnaufpause einlegten, meinte sie: »Wir werden unseren Rückzug in mein Schlafzimmer verschieben müssen, bis dein Kutscher eintrifft.«

»Umso mehr Zeit bleibt uns, zur Steigerung meiner Vorfreude«, entgegnete Roth mit einem anzüglichen Lächeln.

Sie lachte. »Ich werde dem Drang widerstehen, mich vom Voranschreiten der Vorfreude zu vergewissern. Nun zur nächsten Aufgabe: Was werden wir morgen unternehmen? Ich kann mir vorstellen, dass du nach Hause fahren willst, um mit deinen Töchtern zu sprechen.«

»Wir werden nach Hause fahren, nach Ludlow Court, damit du sie kennenlernen kannst. Und damit das Aufgebot so bald wie möglich verlesen werden kann.« Er presste die Lippen aufeinander. »Ich übereile die Dinge. Wir haben noch nicht einmal entschieden, wo und wann wir heiraten.«

»Ich bin mehr als zufrieden mit deiner Residenz und damit, dass es so schnell wie möglich geschieht.«

»Ich bin erleichtert, das zu hören«, entgegnete er mit einem Grinsen. Er konnte sein Lächeln nicht zurückhalten. Die aus ihm herausprudelnde Freude war unermesslich.

»Ich weiß nicht, ob ich bereits morgen abreisen will«, entgegnete sie mit einem leichten Stirnrunzeln. »Ich muss mit den Mitgliedern meines Haushalts sprechen. Oh, Roth, was soll ich nur tun? Ich kann sie doch nicht im Stich lassen.«

»Es gibt keinen Grund für dich, dieses Haus aufzugeben, wenn du nicht willst. Außerdem habe ich ernst gemeint, was ich zu Mrs. Atherton gesagt habe. Ich würde es begrüßen, wenn du deine Tätigkeit als Ausbilderin im Rotherham House in London fortsetzen würdest. Wir könnten auch die gleiche Situation in Ludlow Court anbieten, obwohl du nicht an drei Orten gleichzeitig sein kannst.«

»Nein, das kann ich nicht, aber Mrs. Atherton kann dieses Haus leiten, und sie kann andere Haushälterinnen ausbilden, die den Posten in deinen anderen Häusern übernehmen.«

»*Unsere* Häuser. Ich kann es kaum erwarten, sie dir zu zeigen.«

»Am meisten freue ich mich auf Ludlow Court, weil Violet und Rosamund dort sind. Ich gestehe, ich bin nervös, sie kennenzulernen.«

»Das brauchst du nicht.« Roth streichelte ihr über die Wange. »Sie werden dich anbeten. Wenn Violet dieses Wohnzimmer sehen könnte, würde sie dich anflehen, ihr Schlafzimmer unverzüglich zu renovieren. Und Rosamund wird sich über alles freuen, was du ihr über die Führung eines Gasthauses beibringst. Das wird ihre lebhafte Fantasie anregen. Sie liebt es, sich eine Scheinwelt auszumalen.«

Charlotte zog eine Grimasse, und ihm wurde klar, was er gesagt hatte. »Das hatte nichts mit dir zu tun. Du hast eine Identität angenommen, die du für dein Überleben als notwendig erachtet hattest.«

»Ich weiß, aber danke, dass du das gesagt hast. Vielleicht sollten wir morgen abreisen.«

»Nein, ich denke, du hattest recht. Wir müssen nichts überstürzen. Und ich werde mich nicht beschweren, wenn ich noch eine Nacht mit dir hier verbringe, bevor wir in unsere Zukunft aufbrechen.«

Sie streichelte sein Gesicht. »Ich liebe es, wie das klingt. Aber nicht so sehr, wie ich dich liebe.«

Roth küsste sie erneut und hoffte, sein Kutscher würde bald eintreffen.

KAPITEL 13

Heiligabend, Ludlow Court

»Gefällt es dir, Mama?«, fragte Violet Ludlow erwartungsvoll. Sie war neun Jahre alt, hatte dunkelblondes Haar, wunderschöne haselnussbraune Augen und stand neben Charlottes Stuhl im Salon von Ludlow Court.

Charlotte war sich nicht sicher, wann sie sich daran gewöhnen würde, von ihren neuen Stieftöchtern »Mama« zu hören, aber es war das schönste Wort, das sie je vernommen hatte. Als sie ihren Vater vor zwei Wochen geheiratet hatte, hatten sie sie sofort Mama genannt. Es war, als hätten sie sich nicht erst letzten Monat kennengelernt.

Roth hatte recht mit seiner Versicherung gehabt, dass seine Töchter sie lieben würden. Sie hatten sie offen und mit großer Zuneigung empfangen. Charlotte war ungemein ergriffen gewesen.

Violets Geschenk, ein besticktes Taschentuch, war

wunderschön. Violet hatte rosa Rosen, Charlottes Lieblings-
blumen, in die Ecken gestickt. »Es ist fast zu schön, um es zu
benutzen«, sagte Charlotte. »Aber ich werde es benutzen –
so oft wie möglich. Danke, Violet. Ich liebe es. Aber nicht
annähernd so sehr, wie ich dich liebe.«

Die Emotionen rissen Charlotte fast mit. Roth schien das
zu merken, als er kurz seine Hand auf ihre legte.

»Ich bin dran!«, rief Rosamund aus, als sie Charlotte
einen Bogen Papier entgegenhielt.

Vorsichtig nahm Charlotte ihn ab und legte das Blatt auf
ihren Schoß und auf das Taschentuch. Es war ein Bild von
Rosamunds Lieblingsplatz in Ludlow Court – einem kleinen
Wasserfall, der in einem schmalen Bach mündete. Seit Charlottes Ankunft im letzten Monat waren sie mindestens
einmal in der Woche dort spazieren gegangen.

»Das ist wunderbar, Rosamund. Ich liebe es«, meinte
Charlotte und bewunderte die Art und Weise, wie Rosamund
das Wasser eingefangen hatte. »Vielleicht solltest du Malun-
terricht in Aquarellmalerei nehmen.«

»*Ich* habe um Unterricht in Aquarellmalerei gebeten«,
entrüstete Violet sich.

Roth schmunzelte. »Den könnt ihr beide haben. Das ist
eine wunderschöne Zeichnung, Ros.« Er blickte zu Charlotte. »Soll ich sie für dich rahmen lassen?«

»Ja, bitte.« Lächelnd legte Charlotte die Geschenke auf
den Tisch neben ihrem Stuhl und streckte die Arme aus. »Ich
habe so ein Glück, so aufmerksame Töchter zu haben.«

Violet und Rosamund stürzten sich in ihre Umarmung.
Wäre dies das einzige Geschenk gewesen, das Charlotte
erhielt, hätte es vollkommen gereicht.

»Wir müssen uns für den Ball heute Abend vorbereiten«,
meinte Roth.

Es war eigentlich kein Ball, aber sie nannten es so, um der
Mädchen willen – insbesondere um Violets willen. Sie freute

sich irrsinnig darauf, ein neues Kleid zu tragen. Rosamund freute sich mehr darauf, »Fang den Drachen« und »Die Jagd nach dem Schuh« zu spielen.

»Komm, Mama«, meinte Rosamund und zog Charlotte an der Hand.

»Ich komme gleich nach oben«, versprach Charlotte und stand auf. »Ich muss ein paar Dinge mit Mrs. Mallon besprechen.« Sie war die Haushälterin, und Charlotte hatte sie sofort gemocht. Mrs. Mallon war sehr neugierig auf Charlottes Ausbildungsplan gewesen und hatte sogar eine Woche mit Mrs. Atherton in Birmingham verbracht, um zu sehen, wie sie mit den jungen Frauen umging, die sie unterrichtete.

Nach ihrer Rückkehr konnte Mrs. Mallon einen Plan vorweisen, nach dem sie mit Hilfe des höchstrangigen Dienstmädchen die Ausbildung junger Frauen aus dem Bezirk leiten würden. Im neuen Jahr würde Charlotte weitere Pfarrhäuser und Armenhäuser in der Gegend aufsuchen, um Existenzmöglichkeiten für junge Frauen zu finden, die Hilfe benötigten.

Fluchtartig verließen die Mädchen den Salon und ließen Charlotte mit ihrem Mann allein. Noch immer konnte sie nicht ganz glauben, dass er ihr Mann war.

Charlottes Kehle schnürte sich plötzlich zu, und sie stieß ein Keuchen aus, bevor sie sich die Hand vor den Mund halten konnte.

»Mein Liebling, was ist denn los?« Roth stand auf und nahm sie in seine Arme.

»Ich bin nur ein bisschen überwältigt. Auf eine schöne Art. Nie hätte ich mir vorstellen können, dass ich dieses Jahr Weihnachten auf diese Weise verbringen würde. Frisch verheiratet. Mit einem Earl. Und Kindern.« Sie schniefte.

»Das hätte ich mir auch nicht vorstellen können. Aber eine reizende Frau hat mir gesagt, sie hoffe, ich würde bis zum neuen Jahr eine Countess finde.« Damit meinte er natürlich sie, denn sie hatte diese Bemerkung an dem Tag gemacht, an dem sie sich auf der Hausparty kennengelernt hatten.

»Das hast du Cecilia zu verdanken«, bemerkte Charlotte. »Wenn sie uns nicht beide zu dieser Party eingeladen hätte, wären wir uns nie begegnet.«

Die Cosfords waren natürlich zur Hochzeit gekommen, zusammen mit Roths Familie, einschließlich seiner Mutter, seinem Bruder und seiner Schwägerin und deren drei Kindern. Auch einige von Charlottes alten Freunden aus Newark-on-Trent waren dabei gewesen – einige der Leute, die im *Horse and Harness* gearbeitet hatten, sowie der Pfarrer und seine Frau. Sie alle waren hocherfreut über Charlottes Glück und versprachen, sich für sie einzusetzen, falls Lord Sleaford je beschließen sollte, wegen des Geldes, das sie von Sidney erhalten hatte, rechtliche Schritte einzuleiten.

Allerdings hatte Roth ihr wiederholt versichert, dass er das nicht wagen würde. Selbst Sleaford war nicht so töricht, die Frau eines Earls anzuprangern.

Charlotte zog sich ein Stück zurück und sah zu Roth auf. »Ich wollte fragen, ob du etwas von Sleaford gehört hast, obwohl ich ihn ungern ausgerechnet heute erwähne.«

»Ich habe heute Morgen tatsächlich einen Brief erhalten. Von seinem Sekretär«, fügte Roth schmunzelnd hinzu. »Der Flegel hat nicht einmal den Mut aufgebracht, selbst einen Brief zu verfassen.«

»Was steht darin?« Charlotte wollte sich vergewissern, dass Sleafords Anschuldigungen und Angriffe der Vergangenheit angehörten.

»Er gratulierte uns zu unserer Heirat und drückte seine Zuversicht aus, dass unsere Ehe lang und friedlich sein würde. Er wünschte uns viel Glück.«

»Er wird mich also nicht mehr belästigen?« Das hatte er

nicht mehr, seit Roth ihn aus ihrem Haus in Birmingham geworfen hatte.

»Er wäre ein Narr, wenn er das versuchen würde, und das weiß er auch. Nein, ich würde sagen, wir werden nichts mehr von Sleaford hören.«

»Es sei denn, du siehst ihn in London – oder zumindest bei den Lords.«

»Ich werde ihn sehen, aber nicht das Wort an ihn richten. Er kann von Glück reden, dass ich ihn nicht in den Boden stampfe, wenn ich das nächste Mal auf ihn treffe.«

»Danke, dass du mich vor ihm beschützt hast.« Charlotte küsste ihn auf die Wange und machte Anstalten, davonzugehen, um sich mit Mrs. Mallon über den Ablauf des Abends auszutauschen.

»Einen Moment«, bat Roth und drückte sie fest an sich. »Ich habe dir dein letztes Geschenk noch nicht gegeben.«

»Aber du hast mir schon ein Pferd geschenkt.« Dessentwegen Charlotte zwar etwas nervös war, weil sie reiten lernen wollte, aber in das sie sich bereits verliebt hatte.

»Das hier ist etwas Persönlicheres.« Er löste sich von ihr und durchquerte den Raum, wo er etwas in Papier verpacktes hinter einem Sessel hervorholte. Als er es zurücktrug, stellte sie fest, dass es ein Gemälde war.

»Was ist das?«

»Mach es auf und sieh selbst.« Er legte es auf das Sofa, auf dem sie gesessen hatten, und lehnte es gegen das Rückenpolster.

Vorsichtig löste Charlotte die Schnur, mit der das Papier zusammengehalten wurde, und schob die Verpackung beiseite. Es war eine Landschaft. Nicht irgendeine Landschaft, sondern eine *beredete* Landschaft.

Sie keuchte, dann lachte sie. »Woher hast du es?«

»Von Cosfords Cousin, natürlich. Ich habe ihn gebeten,

etwas in der Nähe eines Flusses zu malen, weil wir uns dort zum ersten Mal geküsst haben.«

Es war in der Tat eine schöne Flusslandschaft mit Gras und Bäumen im Vordergrund. Die Fähigkeiten des Künstlers hatten sich seit der Fertigstellung des Gemäldes, das im Landschaftszimmer in Blickton hing, verbessert. Bei einem der Bäume war eine Frau zu sehen, deren Rock bis zur Taille hochgeschoben war und deren Beine einen Mann umschlangen, der seinen Kopf an ihren Hals schmiegte und sie küsste.

Charlotte fühlte sich sofort an diesen Tag im Landschaftsraum erinnert, wo sie so verzweifelt nach Roths Kuss gewesen war. »Ich liebe es. Wo um alles in der Welt sollen wir es aufhängen?«

»Ich hatte an unser Ankleidezimmer gedacht.«

»Hinter der Tür?«

Er grinste. »Perfekt.«

Sie neigte den Kopf zur Seite, während sie das Gemälde studierte, und überlegte: »Warum will ich plötzlich zu einem Baum spazieren gehen?«

Roth stöhnte, als er sie wieder in seine Arme zog. »Führe mich nicht in Versuchung. Leider müssen wir uns mit einem innigen Kuss und dem Versprechen auf später begnügen.«

»Das ist überhaupt nicht ›begnügen‹«, ereiferte sich Charlotte. »Es ist mehr, als ich mir je erträumt habe.«

Beckford, Sommer 1806

Roth half seinen Töchtern im Hof des *Oak and Ash* aus der Kutsche. Dann nahm er Charlotte seinen fast achtzehn Monate alten Sohn ab, bevor er ihr aus der Kutsche half.

Sie griff nach James, doch Roth schüttelte den Kopf. »Ich bin dran.«

Lachend neigte sie den Kopf. »Danke.« Sie hielt Rosamund die Hand hin. Violet hatte kürzlich beschlossen, dass Händchenhalten etwas für *Kinder* war. »Komm und lerne die reizenden Jamesons kennen.«

Seit ihrem letzten Besuch im Gasthaus hatte Roth mit Archibald Jameson korrespondiert. Diese Beziehung hatte sich zu einer Geschäftsbeziehung entwickelt, als Roth in die Verbesserung des Gasthauses investiert hatte. Und jetzt wollte Archie expandieren und mit Roths finanzieller Unterstützung ein zweites Gasthaus in Cheltenham eröffnen.

Roth hatte sich nie vorstellen können, dass er einmal mit Gasthäusern zu tun haben würde, aber es war etwas, das ihm und seiner geliebten Frau sehr viel bedeutete.

Daphne, die jetzt siebzehn war und eher wie eine junge Frau als ein Mädchen aussah, stürmte aus dem Gasthaus. »Willkommen zurück!« Sie grinste breit.

Charlotte stellte die Mädchen Daphne vor und umarmte sie dann heftig. »Du bist zu einer wunderschönen Frau herangewachsen, Daphne«, meinte sie sanft.

»Es ist Roth!« Oliver, inzwischen vierzehn Jahre alt, stürmte aus dem Gasthaus. Er war von der Schule zurück, die Roth gern finanzierte. Er hatte Archie überreden müssen, es zu erlauben, aber das war der Beginn ihrer engeren Beziehung gewesen.

Roth legte einen Arm um den Jungen, als er ihn an sich drückte. »Meine Güte, du bist aber groß. Oliver, das ist mein Sohn James.«

»Bah!«, machte James lachend.

»Werden Sie ihm beibringen, wie man Steaks brät?«, fragte Oliver.

Roth gluckste. »Das wird noch eine Weile dauern. Wie kommt Aaron zurecht?« Roth hatte den jungen Mann nach Ludlow House eingeladen, um mit seinem französischen Koch zu arbeiten. Aaron arbeitete jetzt in London in einem Gentlemens Club.

»Er ist glücklich, nehme ich an. Er ist zu beschäftigt, um zu schreiben, und ich gebe zu, dass ich kein sehr guter Briefeschreiber bin.«

»Das wird sich ändern. Ich erinnere mich daran, wie es war, vierzehn zu sein. Und zwanzig wie dein Bruder.«

»Erlaubst du seiner Lordschaft und seiner Familie, hereinzukommen?«, fragte Archie Jameson von der Eingangstür des Gasthauses aus.

»Ja, gewiss.« Daphne machte ihnen ein Zeichen, dass sie alle eintreten sollten.

Roth bemerkte, dass Violet sich zu Daphne gesellte, und sie begannen, sich angeregt zu unterhalten. Es überraschte ihn nicht, dass seine zwölfjährige Tochter eine siebzehnjährige anhimmelte.

Roth, der allen den Vortritt ließ, ging auf Archie zu und schüttelte den Kopf. »Kaum zu glauben, dass wir uns nicht mehr gesehen haben, seit wir uns kennenlernten. Durch unsere Korrespondenz kommt es mir so vor, als sei es nicht so lange her.«

»Stimmt. Ich bin froh, dass Sie kommen konnten, um mich nach Cheltenham zu begleiten, ehe wir den Kauf abschließen.«

»Aber natürlich. Ich hatte mir schon lange einen Vorwand gewünscht, um zurückzukehren. Meine Frau und ich haben sehr gute Erinnerungen an das *Oak and Ash*.« Roth trat in die Eingangshalle, als Archie mit einem Lachen die Tür schloss.

»Den ganzen Abend zu arbeiten, um meine Gäste zu füttern, ist eine schöne Erinnerung? Heißt das, Sie übernehmen heute Abend die Küche?«

Jetzt war es an Roth zu lachen. »Vielleicht nicht, aber wir sind immer gerne bereit zu helfen, wenn Not am Mann ist.«

»Es ist wirklich schön, Sie zu sehen, Mylord«, meinte Archie.

»Sie müssen mich Roth nennen. Wenn es für Oliver angemessen ist, dann auch für Sie, nicht wahr?«

Archie hob die Hand. »Also schön. Warum richten Sie sich nicht ein, und dann können wir im Salon noch etwas trinken?«

»Perfekt.« Roth folgte seiner Familie die Treppe hinauf in eine Suite mit drei Zimmern – eines für die Mädchen, ein

Wohnzimmer und eines für ihn, Charlotte und natürlich James.

»Habt ihr wirklich einen Abend lang das Gasthaus geführt?«, fragte Rosamund, während sie sich auf jeden Sessel im Wohnzimmer setzte. Es gefiel ihr, den perfekten Platz zu finden.

»Das haben wir«, antwortete Charlotte. »Du hättest sehen sollen, wie dein Vater Brot gebacken und Steaks gebraten hat.«

»Und wie er hingefallen ist und einen Krug zerbrochen hat«, fügte Roth hinzu, während er James absetzte, der zu seiner Mutter tapste.

»Papa, das hast du nicht«, sagte Violet und klang entsetzt.

»Doch, das habe ich. Deine Mutter war die wahre Heldin. Sie hat dafür gesorgt, dass alles reibungslos ablief.«

»So wie sie es jeden Tag tut«, meinte Rosamund und ließ sich in einem großen, weichen Sessel neben dem Kamin nieder.

»In der Tat.« Roth hätte für Charlottes Anwesenheit in seinem Leben nicht dankbarer sein können ... für ihre Kameradschaft und vor allem ihre Liebe. Es war das Leben, das er sich erträumt hatte.

Charlotte nahm James auf den Arm und schmiegte ihre Nase an seine, was ihren Sohn zum Kichern brachte. Roth ging zu ihnen und drückte James einen Kuss auf den Kopf, als seine Augen die seiner Frau trafen. »Danke«, murmelte er.

»Wofür?«, fragte sie mit einem verblüfften Lächeln.

»Für alles.«

Lesen Sie auch den Rest der Chroniken der Ehestiftung, einschließlich der Vorgeschichte Unerwartetes

Weihnachtsglück, die davon handelt, wie sich Lord und Lady Cosford verliebten - wider Willen!

Ich danke Ihnen sehr, dass Sie **Die unechte Witwe** gelesen haben. Ich hoffe, es hat Ihnen gefallen!

Möchten Sie erfahren, wann mein nächstes Buch verfügbar ist? Sie können sich für meinen Deutscher Newsletter anmelden, mir auf Amazon.de folgen und meine Facebook-Seite liken. Alle Newsletter-Abonnenten erhalten exklusive Bonus-Geschichten, die sonst nirgends erhältlich sind, unter anderem auch die einleitende Vorgeschichte zur Buchreihe *Der Phönix Club*.

Rezensionen helfen anderen, Bücher zu finden, die für sie geeignet sind. Ich schätze alle Bewertungen, ob positiv oder negativ. Ich hoffe, dass Sie erwägen werden, eine Bewertung bei Ihrem bevorzugten der Seite Ihres bevorzugten Internet-Netzwerkes abzugeben.

Ich mag meine Leser so sehr. Danke!

Sind Sie an weiterer Regency-Romantik interessiert? Schauen Sie sich meine anderen historischen Serien an:

Die Unberührbaren
Geraten Sie ins Schwärmen über zwölf der begehrtesten und schwer fassbaren Junggesellen der feinen Gesellschaft und die Blaustrümpfe, Mauerblümchen und Außenseiterinnen, die sie in die Knie zwingen!

Die Unberührbaren: Die Prätendenten

In der faszinierenden Welt der Unberührbaren spielend, handelt die Saga von einem Geschwistertrio, die sich darin auszeichnen, sich als jemand auszugeben, der sie nicht sind. Werden ein unerschrockene Bow Street Ermittler, ein niedergeschmetterter Viscount und eine desillusionierte Dame der feinen Gesellschaft es schaffen, ihre Geheimnisse zu lüften?

Der Phönix Club

Die exklusivste Einladung der feinen Gesellschaft ...

Willkommen im Phönix Club, in dem Londons waghalsigste, anrüchigste und intriganteste Ladys und Gentlemen Skandale, Erlösung und eine zweite Chance finden.

Ruchlose Geheimnisse und Skandale

Sechs unglaubliche Geschichten, die sich in den glamourösen Ballsälen Londons und den herrlichen Landschaften Englands abspielen. Das erste Buch, **Ihr ruchloses Temperament** erscheint in Kürze!

Die Liebe ist überall

Herzerwärmende Nacherzählungen klassischer Weihnachtsgeschichten im Regency-Stil, die in einem gemütlichen Dorf spielen und von drei Geschwistern und dem besten Geschenk von allen handeln: der Liebe.

Der Club der verruchten Herzöge

Sechs Bücher, geschrieben von meiner besten Freundin, der New York Times Bestseller-Autorin Erica Ridley, und mir. Lernen Sie die unvergesslichen Männer von Londons berüchtigtster Taverne, dem Verruchten Herzog, kennen. Verführerisch attraktiv, mit Charme und Witz im Überfluss, wird eine Nacht mit diesen Wüstlingen und Filous nie genug sein ...

Lords und die Liebe

Für alle, die nach einem Ehemann oder einer Ehefrau Ausschau halten, gibt es keine bessere Zeit und keinen besseren Ort, als das jährliche Maifest im englischen Marrywell, um die wahre Liebe zu finden. Prinzen und arme Leute verlieben sich gleichermaßen, und manchmal auch in die Person, bei der sie dies am wenigsten erwarten ...

Der verwundete Viscount

Die Unberührbaren: Die Prätendenten
Geheimnisvolle Kapitulation
Ein skandalöser Pakt
Des Gauners Rettung

Der Phönix Club
Ungehörig: Das Mündel des Earls
Leidenschaftlich: Eine zweite Chance für das Eheglück
Intolerabel: Die Schwester des besten Freundes
Unschicklich: Eine Vernunftehe
Unmöglich: Eine Schöne und ein Scheusal im Liebesglück
Unwiderstehlich: Eine Scheinehe mit dem Spion
Untadelig: Eine geheime, verbotene Affäre
Unersättlich: Der geläuterte Lebemann und die unwillige
Debütantin

Die Liebe ist überall
(eine Regency Weihnachtstrilogie)
Der Earl mit dem flammendroten Haar
Das Geschenk des Marquess
Eine Freude für den Herzog

Ruchlose Geheimnisse und Skandale
Ihr ruchloses Temperament
Sein ruchloses Herz
Die Verführung des Halunken
Verliebt in eine Diebin
Die Schöne und der Halunke

Einmal Halunke, immer Halunke

Der Club der verruchten Herzöge
Eine Nacht zum Verführen by Erica Ridley
Eine Nacht der Hingabe by Darcy Burke
Eine Nacht aus Leidenschaft by Erica Ridley
Eine Nacht des Skandals by Darcy Burke
Eine Nacht zum Erinnern by Erica Ridley
Eine Nacht der Versuchung by Darcy Burke

Lords und die Liebe
Ein Herzog wird verzaubert
Erbin dringend gebraucht
Die Heiratsvermittlerin und der Marquess

ÜBER DIE AUTORIN

Darcy Burke ist die USA Today Bestsellerautorin für sexy, emotionale, historische und zeitgenössische Romantik. Darcy schrieb ihr erstes Buch im Alter von 11 Jahren – mit einem Happy End – über einen männlichen Schwan, der von der Magie abhängig war, und einen weiblichen Schwan, der ihn liebte, mit nicht sehr gelungenen Illustrationen. Schließen Sie sich ihr an newsletter!

Darcy, die in Oregon an der Westküste der Vereinigten Staaten geboren wurde, lebt am Rande des Wine Country mit ihrem auf der Gitarre spielenden Ehemann und ihren beiden ausgelassenen Kindern, die das Schreiben geerbt zu haben scheinen. Sie sind eine nach Katzen verrückte Familie mit zwei bengalischen Katzen, einer kleinen, familienfreundlichen Katze, die nach einer Frucht benannt ist, und einer älteren, geretteten Maine Coon, die der Meister der Kühle und der fünf-Uhr-morgens-Serenade ist. In ihrer ›Freizeit‹ ist Darcy eine regelmäßige ehrenamtliche Mitarbeiterin, die in einem 12-stufigen Programm eingeschrieben ist, in dem man lernt, ›Nein‹ zu sagen, aber sie muss immer wieder von vorne anfangen. Ihre Lieblingsplätze sind Disneyland und das Labor Day Wochenende in The Gorge. Besuchen Sie Darcy online unter https://www.darcyburke.de.

facebook.com/darcyburkefans
instagram.com/darcyburkeauthor
pinterest.com/darcyburkewrites
goodreads.com/darcyburke

IMPRESSUM

Deutsche Erstausgabe von:
Darcy E. Burke Publishing
Zealous Quill Press
13500 SW Pacific Hwy., Ste. 58-419
Tigard, OR, 97223
USA

Für die Originalausgabe:
Copyright © THE MAKE-BELIEVE WIDOW, 2023 by
Darcy Burke, All rights reserved.

Für die deutschsprachige Ausgabe:
Copyright © 2023 by Petra Gorschboth
Redaktion: Nicole Wszalek
Umschlaggestaltung: © Dar Albert, Wicked Smart Designs.

ISBN: 9781637261446

www.darcyburke.de